我自月亮来

章岩 著

新星出版社　NEW STAR PRESS

图书在版编目（CIP）数据

我自月亮来 / 章岩著 . -- 北京 : 新星出版社，2020.11
ISBN 978-7-5133-3320-7

Ⅰ.①我⋯ Ⅱ.①章⋯ Ⅲ.①科学幻想小说—中国—当代 Ⅳ.① I247.5

中国版本图书馆 CIP 数据核字（2018）第 273767 号

我自月亮来
章 岩 著

策　　划：	谢　斌　杨成春　朱　鹰
责任编辑：	汪　欣
特约编辑：	洪　与　姚小红　莫金莲　刘德华
责任印制：	李珊珊
装帧设计：	刘青文

出版发行：新星出版社
出 版 人：马汝军
社　　址：北京市西城区车公庄大街丙 3 号楼　　100044
网　　址：www.newstarpress.com
电　　话：010-88310888
传　　真：010-65270449
法律顾问：北京市岳成律师事务所

读者服务：010-88310811　　service@newstarpress.com
邮购地址：北京市西城区车公庄大街丙 3 号楼　　100044

印　　刷：北京天恒嘉业印刷有限公司
开　　本：890mm×1240mm　1/32
印　　张：8.125
字　　数：130 千字
版　　次：2020 年 11 月第一版　2020 年 11 月第一次印刷
书　　号：ISBN 978-7-5133-3320-7
定　　价：35.00 元

版权专有，侵权必究；如有质量问题，请与印刷厂联系更换。

目 录

001　卷　首　望天空　明月常在　思人生　我心常在

003　第一章　疾风骤雨袭漠璃　半城族人无踪迹

016　第二章　盐竹消失缘成谜　蜀亚无奈接难题

028　第三章　单枪匹马题难解　兄弟朋友同心谐

038　第四章　盐竹秘密不简单　天降白光成关键

049　第五章　调查之路初启程　高手佳人共助力

060　第六章　中秋之夜非巧合　月圆时分盐竹丢

071　第七章　银装素裹阻飞船　老将出马解忧难

082　第八章　初入太空飞遇险　大难无恙报平安

094　第九章　星月堡外又遇险　狱内受刑遇轩辕

107　第十章　竹飞复联言有鬼　蜀诚失联觅无踪

121	第十一章	紫色斗篷现漠璃	蜀纪初雨皆遇袭
134	第十二章	证据确凿难分辩	蜀诚被指是内奸
145	第十三章	生世成谜难自抑	路遇怪人变轨迹
156	第十四章	遇子峥脱离险境	疑子焕从中作梗
168	第十五章	突审子焕无所获	初雨力挺蜀诚忠
182	第十六章	月中探秘思故乡	竹飞救梦再入牢
193	第十七章	孰能无过宽若风	悔恨不及是竹溪
205	第十八章	盐竹秘密终破解	诚再遇溪终释然
218	第十九章	初雨规劝有成效	子焕悔过泪两行
232	第二十章	星月城主原有假	念归终要归家乡
246	尾　声	一切谜底都解开	族人团聚满满爱

卷首　望天空　明月常在
　　　思人生　我心常在

我们喜欢变化，我们也害怕变化。

月亮，从月初的朔，到月中的满，再到月末的残，将阴晴圆缺完美演绎。世间每一个故事，每一个生命，也都有着喜怒哀乐、阴晴圆缺。

从这一轮满月到下一轮满月，月亮的脸一直偷偷地在改变。像是一张张的面具，过了今晚，明晚又是新的一张，直到露出那张最真实的脸。

人生亦是如此。越来越多的人，习惯戴着面具生活。久了，就忘记了自己最初的真心。摘下面具，摘下那"假作真时真亦假"的脸谱，回归自我，才能找到最自由的自己。

你自公正高悬，我亦黑白分明。我从月亮来，自有着不一样的人生。

人生也在变化，灵魂也在改变。

当你追逐着一个一个所谓的秘密，在路上累了的时候，就请停下。哪怕只是歇一歇，停一停，听听老人的话语，那是他们一生的哲学：世上哪有什么秘密，只是不停受到贪婪的心指引，慢慢换了面具，也变了灵魂。

当嫉妒、怀疑、贪婪在心里生根的时候,仇恨和邪恶也在那里慢慢滋养。它们让我们改变,丢了双眼,丢了双耳,看不见也听不见这个世间的美好;它们让我们戴上面具,不再真诚而纯粹地去面对世界,只剩下对欲望的无止境的追逐。直到你发觉,纯真的爱一直在你身边,质朴的爱一直在你身边。那些爱,融化掉曾经吞噬我们灵魂的黑暗之灵。月光下,慢慢的,宽容、信任、感恩、怜爱……在心中一点一点蔓延开来。从此,生命绽放开幸福的花。

明月常在,我心常在。孤光自照,肝胆皆冰雪。

第一章　疾风骤雨袭漠璃
　　　　半城族人无踪迹

　　上官衡和竹知浅不见了！蜀宁刚坐到桌边,端起的早茶还没来得及喝一口,就硬生生地被这个消息打翻在地。温热的奶茶腾起微微热气,鼻子里钻进了浓郁的奶香,混合着几位大臣急促的呼吸。

　　他们是跑着来报信的,昨夜全国的通讯都被中断,尚未恢复。

　　"跟他们一起不见的还有半城公民……初步排查,是197名……"

　　蜀宁浑身颤抖着,双手抓着桌布,指尖却掐入了自己的手掌,咬在一起的牙齿发出咯咯的声音。

　　"给我找！就是把漠璃国整个翻过来,也要把他们找出来！"蜀宁把桌子拍得"啪啪"响,身上的每一根绒毛都挺立着,显示着它们的愤怒。

　　几个来报信的大臣彼此看了一眼,拱手道一声"遵命！"便齐齐退出了竹宁殿。

　　"我看啊,还不都是昨晚那场妖风害的……"

　　"别胡说,上官教授两口子都是气象专家,能没发现这风的异常？"

"这……我看啊，昨晚刮的是不是风，还说不定呢。听说雪漠阁昨晚巡逻的武者全都没了……"

几个大臣在殿外小声说着，又一起摇摇头。穿着金色铠甲的武卫大臣咳了一声，说："我们兵分两路，我带雪漠阁一队从东往西；阁副带二队从南向北。分别辐射5公里，晚上雪漠阁会合。如果有什么消息，及时通知对方。出发！"

两路武者从王宫出发，揭开了漠璃国有史以来最大规模的搜索。

漠璃国位于锦官城西北部，从漠璃出发，不出半日就可以到达锦官城。

在漠璃，一年中至少有299天，都是风和日丽的好天气。每每黄昏时分，天空中那颗独一无二橙红色的圆球以每秒0.01米的速度，渐渐隐匿在琉璃山头。满山的箭竹在橙红色圆球发出的亮光中，散射出琉璃一般华美的光芒。山脚下，漠翠河从琉璃山发源，自西向东穿城而过，两岸的河滩上，一片片竹林在河风的轻抚下，发出沙沙的声响，送来阵阵竹叶的清香。

不过，昨天一定是其余66天中的一天。

傍晚，上官衡一如既往地在实验室里做实验，来自天象馆的信息提示音打断了他的动作。他习惯性地伸手去关闭声音，眼睛瞟了一眼信息接收屏，却不是应该在这个时间来的天气预报。竹知浅传过来的实时星云图上，一团猩红而怪异的物体，让他的心立马悬了起来。

他按下连接天象馆的快捷键，竹知浅的头像剪影浮在空中，那张熟悉的脸上却满是愁容。

"赶快……"上官衡的话还未说完，那头像闪了几下，突然消失了。任凭他怎么拨弄那颗按键，竹知浅的头像再也没有出现过。而其他的按键，也霎时失去了作用。

他抓起挂在门边的外套，冲出门外：浅，千万要平安啊！

那团猩红，让他感到莫名的不安。

提前到来的黑夜，笼罩着漠璃国。深邃的夜空浩瀚无边，却没有一点星光。一排排路灯，照着寂寥的街道。隔着漠翠河，雪漠峰与琉璃山遥遥相望。以往总是挂在雪漠峰山尖的月亮，在今天却悄悄藏起了她那张多变的脸。

暗黑的夜空下，漠翠河两岸的竹林发出越来越大的声响，原本悠缓的河水也变得湍急，在河道中激起白色的浪花，"啪——啪——"一下又一下撞击着河道中的石块。风穿过密密的竹林，从琉璃山的另一边翻越而来，以一种粗暴的姿态，掠过漠璃国境。

它们扬起小石子,又抓起青草,拉扯着暴露在空气中的一切,扫荡着上官衡身上的每一根绒毛,钻进每一个毛孔,在他的皮肤上、身体中肆意穿梭。它们呼啸着来到天象馆,不断撞击着阻挡它们的硅玻。

星云图上,那团越发浓郁的猩红,一步步朝着琉璃山顶逼近,运动轨迹却依旧无规可循。馆长竹知浅无法确定这团猩红的来历和成分,她只知道这东西想要越过琉璃山,夜袭漠璃国。她再次连线上官衡,回应她的却只有无声的寂静。

"馆长,联系不上科技院!"

"馆长,刚刚与飞行队的联系中断!"

"馆长,王宫方面,无法连线!"

"馆长,雪漠阁也联系不上!"

……

76秒之后,竹知浅眼前的星云图也变成一片黑色,天象馆成了一座孤岛,与外界失去了所有联系。她低头看了看胸前的怀表,随即启动了天象馆一级备战程序,所有成员各就各位,准备与那团诡异的猩红大战一场。

走到硅玻墙前,竹知浅望向琉璃山的方向。山顶飘着一团亮眼的血红,在夜晚的黑幕中炫耀着自己的狂暴。它霸占了琉璃山上方的大片天空,一点一点吞噬着周围的空气。

等待在房顶的飞行队早已做好了准备，却一直没有等到出发的指令。

队长竹子勋拿起对讲机，才发现没了信号。此时，一个身影艰难地爬上了天台。那，居然是竹知浅啊。她挥舞着两面小红旗，在狂暴的风中打着旗语。飞行队得到指令，逐一亮起红灯，在发动机的轰鸣声中，5架飞机冲向天空，朝着那团猩红发射了储备在天象馆的全部抗风暴干扰弹。

那团猩红似乎是被打散了一些，前进的速度却没有受到丝毫影响。它就是发了疯的红魔，缠绕着飞机，又将他们甩出漩涡，然后撕扯着琉璃山上的箭竹。漩涡之外，几朵伞花在空中绽放开来，被那狂风推出去好远好远，在夜空中消失不见。

那几朵伞花就这样渐渐消失在竹知浅的视野中，两行滚烫的泪珠顺着脸颊流下。而那风，却并没有因此而多些仁慈。

在城中逆风前行的上官衡已经被风刮得浑身如同刀割。他在风中挣扎着，紧紧握着胸前的怀表，凭借着对妻子的牵挂，对抗着风的力量；每走一步，都在地上留下深深的印迹。

风更猛烈了一些，上官衡的脚离开了地面，整个身体卷进那红色的魔爪中。越来越多的东西被那团从山上俯冲而来的猩红卷起来，无力抗争。

突然，天空中一道金色的闪电划破了那块厚重的黑丝绒，轰隆的雷声随之而至，倾盆的大雨没有给大地任何的反应时间，刹那袭来。

猩红与大雨抗衡着，一次又一次冲向漠璃国的街道村庄，一次又一次地抽打在漠璃国的城垣之上。

雨滴却是丝毫没有畏惧，成千上万聚集在一起，奋力冲刷着那团血红色。终于，那肆虐了大半个夜晚的血红，逐渐变淡，慢慢消失。

次日清晨，躲过了那场风雨的鸟儿开始鸣唱，太阳又闪着它橙红色的脸庞，从雪漠峰探出头来。雨水清洗过的天空如同一块晶莹的蓝宝石，阳光穿透空气中的水汽，一缕一缕洒在漠璃国的每一寸国土上。

晨光之下的漠璃国，没有了往日的热闹和繁华。从一夜的担忧中醒来的族人们推开门窗，发现漠翠河边，除了一片狼藉的箭竹，还洒落着气象干扰飞机的残骸。琉璃山上找不出一根完好的箭竹，雪漠峰的竹林被拦腰折断，山上深褐色的泥土变成了紫色。

他们只知道整夜的狂风骤雨让家园变得颓败，却不知道这一夜的疯狂带走了近一半的族人，连续36个小时的搜索，除了在真空实验室外找到上官衡留下的脚印，其他什么也没有。

这不是一场单纯的风灾,对于漠璃国,这无疑是灭顶之灾啊!几近废墟的城池,数目骤减的臣民,蜀宁第一次觉得力不从心。

难道,是要我取出紫色斗篷吗?蜀宁问自己。

"紫色斗篷总会给你带来意想不到的能量!"蜀宁的父亲曾这样告诉他。那是一顶有故事的斗篷,来自于生灵王华神的馈赠。

300年前,β小行星上的噬灵猫为了争抢其他星球的资源,利用自己超高的伪装术,在太阳系不断挑起事端,使得星球之间战乱不断,生灵涂炭。

纷飞的战火让生灵们苦不堪言。华神几番劝导,噬灵猫却熟视无睹。华神想过大手一挥,断了那些噬灵猫的性命,却又念在"胜造七级浮屠"的佛语,对他们网开一面。

谁知这噬灵猫非但没有悔改,反而变本加厉,把俘虏挡在前面,起兵围攻华神峰。一次又一次的进攻将华神逼到山巅,只得藏身于山洞。

一直在华神峰的庇佑下长大的小生灵跑了过来,靠近华神:"生灵王,这些年承蒙您的恩泽,我及我的族人,才能在这里繁衍生息,现在是我报恩的时候了,请让我出战吧!"

"蜀智!"华神看着这只黑白相间的小花熊,他何尝不知道他们在战场上可以飞速奔跑，还有极强的咬合力。可是，他怎么能让这群憨萌得有些天然呆的生灵去冒险？

眼看着噬灵猫的攻势越来越猛，华神脑中不断浮现华神峰悬壁上的石刻文字：花熊救世。早年自己救下蜀智和他的族人，难道就是为了今天？如果说当时救他们是偶然，那今日的出征就是宿命的必然。花熊救世，或许就是这个世界赋予他们的使命吧。

略作考虑，华神郑重地点点头，解下身上的紫色斗篷，披在了蜀智身上。

"这是你的战袍，披上他，你们一定会胜利的！取胜的关键在于……"华神还未说完。一个身影从旁边闪过，一脚就踢在蜀智的身上。

"蜀智？怎么两个蜀智？"刚才闪过的身影，居然也是蜀智！两个几乎一样的生灵站在他的眼前，上演着一出"真假美猴王"的戏码。

刚刚才到的花熊挡在华神身前："生灵王，我才是蜀智啊！他是噬灵猫假扮的，他们要偷走您的斗篷！"

"我才是真的，我是真的！"

两个蜀智争了起来。

一时间，华神也无法分辨眼前这两个蜀智谁才是真的。

就在华神犹豫的瞬间，那只披了紫色斗篷的花熊夺路而逃，藏在身后的长尾巴露了出来。谁真谁假，一目了然。

蜀智追了出去，不一会儿就夺回了紫色斗篷，脸上却挂了彩。

华神为蜀智披上紫色斗篷，摸摸他的头，悄悄告诉他取胜的关键——以彼之道还施彼身。既然噬灵猫喜欢伪装，那我们也用伪装来迷惑他们。

蜀智带着族人们出战，脸上涂满了油彩。战鼓响起，蜀智他们的脸却不停地变换。噬灵猫伪装的速度再快也比不上花脸变化的速度。在花脸阵下，噬灵猫接连溃败，只得摇旗投降，发誓再也不踏出 β 小行星半步。

大家都欢呼起来，庆祝这场来之不易的胜利。

热闹中，蜀智却让族人们悄悄离开。趁着夜色，他把斗篷放在已经熟睡的华神身边，带着族人们远走。最终在坐标为东经 E102° 北纬 N29° 的土地上安定下来。这里水草肥美，漫山遍野都是翠绿的箭竹，水流潺潺，湖光山色，每一步都是景致。

"从今往后，食竹捕鼠，对江湖之事，莫理；对故乡热土，莫离。"漠璃国，就这样诞生了。

蜀智和他的族人们在这里习文习武，远离了江湖。几个

月后,练武回来的蜀智推开房间大门,却看到那件曾经披在他身上的紫色斗篷静静地躺在床上,旁边放着一封信:

这是你们应得的荣誉,我的卫士们。在临近漠璃国的锦官城,生活着我的后裔人类,他们很友好。在他们的字典中,你们叫做熊猫。收到这封信的时候,我已经赋予了你们化而为人的能量(切勿乱用)和在人群中辨别同族的能力。希望你们能相处愉快。(放心,他们可不会变成熊猫,呵呵。)

永远记得,变来变去的面具会掩盖最真实的内心,丢了自己。真实而诚挚的笑脸,才会让世界更加美好。

蜀宁再次坐在桌边,他伸手抚摸着那块紫色斗篷,柔软而温暖。

想起父亲的嘱托,终于还是打开了那个挂着精致小铜锁的柜子,紫色斗篷就挂在里面。这件他好奇了好久的斗篷,历经几百年,依然焕发着淡淡的光彩。

"告诉我,我该怎么办?好吗?"蜀宁捧着斗篷,双手不住地发抖。

"孩子,别着急。一切都会好的。"父亲的身影出现在身边,慈爱地看着他。

"父亲!"蜀宁睁开眼睛,月光照了进来,如同父亲的目光,温柔地看着他。不过是一个梦而已。

"王，不，不好了！雪漠峰的土，变，变了！"依旧在搜索的武者天刚亮就来报信。

蜀宁一刻不停地赶到雪漠峰，发现那里已经变成了一片紫色。而奇妙的是，那一片紫色的泥土里，居然长出了鲜嫩的竹笋，一棵棵青翠而挺拔，和其他的竹笋不一样的是，上面覆盖着雪白色的盐状颗粒物。蜀宁想了想，掰下一棵竹笋，啃了起来。入口香脆清爽，整个身体像吸入了足够的纯氧，顿时充满了精力。

当阳光照过来的时候，那些竹笋以惊人的速度飞快生长着。蜀宁看着这些神奇的竹笋，仿佛看到了希望。他相信，终有一天，失踪的族人会归来；上官衡和竹知浅，一定会回来。

上官衡睁开眼睛的时候，一道阳光射入他的瞳孔，灿烂而刺眼。空气中飘着陌生的味道。干瘪的嘴唇在嘴角舔舐到了淡淡的血腥味儿。他摸摸身下，地面割着手掌，冰凉而粗糙。

他坐起来，警惕地看着四周。视线所及的地方，空无一物，满是荒凉。只有来自身后的阳光，在他的身体前方，投下一个圆滚滚的影子。

竹知浅呢？上官衡四处寻觅起来。

离他并不远的地方，竹知浅躺在那里，迷迷糊糊听到风的声音。然后她睁开重重的眼皮,左右看了一下,眼前的景象越来越清晰,记忆里却没有这些景象的痕迹。这是一个完全陌生的地方,她从来没有到过这里。周围是稀稀拉拉的形状奇异的山,没有竹子,甚至没有可见的植被,空气中似乎没有氧气,胸口的怀表越来越重,沉沉地压住她,压得她喘不过气。

她用手肘支撑起身体,一点一点从粗糙的地面爬起来,汗水已经打湿了她的后背,这里极高的温度炙烤着她的每一寸皮肤,让她一度以为自己是被关进了太上老君的炼丹炉。然而,她显然没有孙悟空那样通天的本领可以逃离。

这一定是一个梦。她不断暗示自己,大口大口地呼吸,挣扎着从梦境中脱离,却听到一个熟悉的声音:"知浅,你在吗?"

还未作出回答,她感到耳边又一阵风呼啸而过,另一个声音随着风吹近又飘远,她清楚地听到了 4 个字,字字清晰。

比那声音更清晰的,是那个熟悉而温柔的声音:"知浅,你在吗?"

"衡,我在!"

上官衡从另一个方向跑过来,脸上还挂着血痕。他抱起竹知浅,让她靠在自己的手臂上:"谢天谢地,你没有受伤。"

"可是，这是哪里？我是不是在做梦？"

上官衡也希望这只是一个梦，可是竹知浅是那么真实地依偎在自己的怀里，粗糙的土地那么清晰地刺激着他的双脚，那冰凉的温度一次又一次地提醒他，这并不是梦境。

可是，这到底是哪里？

"衡，我刚才听见一个声音说，又失败了。"竹知浅抓紧上官衡的衣襟，望着他的双眼，期待着答案。

上官衡抓着她的手，细声地说："也许这是一场阴谋。没关系，我会保护你。我们一定能回家的！"他的目光坚毅而温暖。不管是作为一个丈夫，一个男人，还是一个大臣，他都会保护好眼前这个女子，以及可能和他们一起远离了家国的族人。

在漠璃城内搜寻了7天的队伍再一次聚在一起，大家摇了摇头，依旧没有任何收获。而蜀宁，从未放弃过对他们的寻找，他坚信，他们一定会回来。

第二章　盐竹消失缘成谜　　蜀亚无奈接难题

"100多年前，一场千年不遇的大风侵袭漠璃，造成近200名族人失踪，他们的去向至今仍是一个谜。然而，我们从未放弃过对他们的寻找，我们相信，他们也从未放弃过回家的希望……"

历史老师推推鼻梁上的眼镜，敲了敲桌子："蜀亚同学！蜀亚同学！"

蜀诚扭头一看，太子居然又睡着了。这已经是这学期的第7次了。而今天，是开学第7天。

他撞了撞蜀亚的胳膊，蜀亚才揉揉眼睛，擦了一把挂在嘴角的口水，打着哈欠说："下课啦？"

教室里爆发出一阵嬉笑。

蜀亚却对此习以为常，嬉皮笑脸地对着老师说："老师别生气，我罚站。"说着捧着书站到了墙角，继续打着哈欠。

放学后，蜀亚把书包扔给蜀诚，自己跳上那棵最大的黄桷树，坐在他的树屋门口，任卡其色的长袍被风吹起，他抽出背上的长笛，《漠璃谣》悠扬的曲调飘荡在空中。对于蜀亚来说，长笛已是身体的一部分，无法分离。

黄桷树的年轮又多了几圈,秋风吹起的时候,树叶一片片落下,树下,有个躺在落叶中的少年。

"太子,你生日也不能逃课啊!"蜀诚背着两个书包,拿开了树下那个16岁少年遮在眼睛上的树叶,看着那俏皮的鬼脸呵呵地笑着。

时值初秋,漠璃国处处都绽放着华美的色彩,泛红的枫叶,金黄的梧桐,常绿的松林,还有琉璃山和雪漠峰上依旧葱茏的竹子,清澈见底的漠翠河,河滩上布满形状各异的鹅卵石。偶尔有轻轻的风吹过,各种树叶随着风儿飘落在河水上,树叶上清晰的脉络,一根一根装满了蜀亚的成长时光。

蜀亚16岁了。在蜀纪和上官雅的宠溺中,他长成了一个快乐阳光的小伙子,只是有些贪玩——也许是特别贪玩。看电影和玩音乐是他的生活,至于上课,那是迫不得已。

不过,他是个孝顺善良的孩子,即使再想去玩,也会按时去陪父亲下棋。

紫竹亭。周围安静得能听见树叶掉落的声音。

园中小路上,落叶被踩得噗噗响。听到这动静,蜀纪笑着对蜀亚说:"一定是我给你准备的点心到了……"

扭过头,竹令大臣蜀佑慌慌张张地跑了过来。

"陛下,太子,臣,臣伺竹不力。昨夜,昨夜伺竹馆……

失窃,这次,丢的是20年生的盐竹……"蜀佑弓着腰,低着头,怯怯地抬了抬眼,看向蜀纪那张微微颤抖的脸。

蜀纪站了起来,双手握成拳头撑在桌上,牙齿咬在了一起,极力控制着内心的愤怒,从牙缝中挤出几个字:"有线索吗?"

"回陛下,跟之前一样,毫无头绪……"蜀佑低着头,言语间有些哆嗦。

蜀纪从鼻子中哼出一声,甩手掀翻了桌子上的棋盒,那黑色白色圆圆的棋子一颗接一颗砸在蜀佑身上。

"毫无头绪……又是毫无头绪。"蜀纪的眼中燃烧着怒火。

蜀亚睁大眼睛看着父亲,他从未见过父亲如此盛怒。本想为王叔求个情,此时也不敢说话了。

花园里,只剩下他们的呼吸声,还有风吹叶落的声音。

"报——"远远地,信使的声音传过来。

蜀纪压着胸腔里的愤怒嗯了一声。信使眉眼间闪着喜悦,一字一句告诉蜀纪,多年前失踪的熊猫有消息了。

蜀纪的怒气在听到这个消息后稍稍有些缓和,他点点头,问道:"找到了?"

信使有些不好意思地回答说:"回禀陛下,上官公子和竹将军也启程回来了,具体的细节,由他们再向您禀报。"

信使退下,蜀纪又转向蜀佑:"要不,也让他们帮你找找盐竹？"

蜀佑还未回答，竹子焕的声音由远及近："陛下，微臣有合适的人选，一定可以找到盐竹。"

"你还好意思说一定可以找到盐竹？你找了这么多年，找到什么没有？每年都跟我说毫无头绪，没有线索！真不知道你这个雪漠阁阁副是怎么当的？！"

蜀纪像是要吃掉竹子焕，拍着桌子瞪着他。自从继位以来，盐竹失窃的事情就没有断过。这么多年，一直是困扰着自己的一块心病。若不是当年那场意外，也许盐竹早就找回来了。可就是那场意外，让蜀纪有了轻微的应激性创伤综合征，对寻盐竹的事情有了些许恐惧。

而盐竹最初就是从紫色土里长出来的，科技院几代熊猫都曾尝试着将盐竹在红土或者黑土、黄土上培育，虽能成活，但却不能长成真正的盐竹。离开紫色土的盐竹，长不出一粒雪盐——当年蜀宁看到的那些雪白色颗粒。

在改食盐竹之后，族人们的抵抗力、免疫力都明显增强，EQ 和 IQ 平均提高了 3 个百分点。在选派族人进入锦官城学习先进科学之后，漠璃国的科技发展进入了加速度时代。

说起来，盐竹的第一次丢失，是在 15 年前。当时搜遍全城也没有任何线索，后来就成了悬案。有的大臣认为，经过

100年的种植,盐竹对漠璃国来说,就像大米之于人类,只不过是饱腹之物罢了,不用在意。况且,雪盐只与漠璃国公民身上的基因起化学变化,其他生灵就算吃完所有的雪盐也毫无用处。

可蜀纪不这么想,当初在锦官城学习的时候,他就知道,量变引起质变:年复一年的丢失,指不定哪天就酿成大错。更何况,祖先已经发现,盐竹所生长的雪盐,其实是一种文字,只是尚未进行解读。文字意味着文化,而属于漠璃的文化必须由漠璃的后代传承下去。未雨绸缪,蜀纪做了两件事,除了继续追查盐竹失窃的事情,另一件事则悄无声息地进行着。

蜀佑瞟了一眼那个刚到就挨骂的倒霉家伙,暗暗松了一口气,却听得蜀纪又一声呵斥:"还有你们伺竹馆,竹子你们都守不好,还干得了什么事?!倒不如趁早解散了,全都去清理粪便!"

蜀佑没有吭声,心里却埋怨着:这些年,还不都是你畏首畏尾,不准这样,不准那样,什么也不让我们搞。再说,破案,分明是雪漠阁的事情,我伺竹馆可是受害者。

"陛下,臣确实失职。"竹子焕低着头,话语间却没有认错的味道。

他任职的雪漠阁,是以漠璃国最高峰雪漠峰命名的部门,是漠璃国武学的最高殿堂。竹氏的男孩儿从一生下来就是武者,肩负着保卫漠璃国的重任。

"你刚才说谁一定可以找回盐竹?"15年了,蜀纪迫切需要一个真正能够破解盐竹失窃之谜的高手。

"陛下,这些年臣一直在等待这位高手长大。直到今天,他终于年满16。"竹子焕充满信心地看着蜀亚,"他就是聪慧过人的太子殿下,蜀亚。"

蜀佑一听,这竹子焕可真是坏透了。蜀亚向来贪玩,哪里会破什么案子。可他既不能说太子不好,又不能说竹子焕不对,何况太子接了盘,就没有伺竹馆什么事了,于是连连助攻:"陛下,微臣以为竹阁副的推荐是经过深思熟虑的。确实,太子殿下是最合适的人选!"

平日里,大臣们私底下都议论蜀亚油嘴滑舌,不学无术,任性贪玩,除了看电影,就是吹笛子,哪里有继承漠璃大好江山的模样。

对于江山,蜀亚并没有什么奢求。爱江山更爱美人,在他身上同样适用。如果这次成功,能换得美人对他刮目相看,也是值得的。

只是这盐竹失窃,也不知道到底是怎样的一番事情,让雪漠阁都束手无策,说不定是个烫手的山芋,自己根本处理不了。与其失败破坏形象,倒不如不做,至少不会犯错。

稍加思索，蜀亚连连摆手："承蒙两位叔叔抬爱，蜀亚怎能担起如此大任？竹阁副领着雪漠阁众多武者都毫无线索，更何况蜀亚单枪匹马……"

听到蜀亚推脱，蜀纪一掌拍在桌子上："就这么定了！蜀亚，从今天起，你全权负责调查盐竹失窃的事情，一个月之内，必须破案！"

"什么？一个……月？父王……"蜀亚舌头都打结了。

"嫌长？那就，10天吧？"蜀纪没有看蜀亚，眼睛看向了天空。

"一个月，一个月就一个月……"蜀亚低下头，声音也低了下去，盯着自己的脚尖，浑身的绒毛都在发抖。

"竹阁副，你辅佐太子，把以前查到的东西都交给他。"蜀纪说着，转向竹子焕，"你跟我去下几盘棋。"

走出紫竹亭，蜀纪停住了脚步却没有回头："太子啊，好好查！但是，千万不能做无谓的牺牲！记住，你只有一个月时间，查不出来，就老老实实读书！"

对于王宫内的议论，蜀纪当然有所耳闻，蜀亚成天一副吊儿郎当的样子，不是躲在奇幻乐园看电影，就是爬上那棵黄桷树去吹笛，除了会填个词谱个曲，其他什么也不会，没有半点儿要继承王位的样子。若是蜀亚借着这次机会，破得了盐竹失窃的案子，到时候，由他继承王位，也就顺理成章了。若是破不了，自己也为他找好了台阶，大不了多读几年书，自己再辛苦几年。

竹子焕恭恭敬敬地跟在蜀纪身后。18年前，他救了登山遇险的蜀纪，得到了蜀纪的信任；12年前，他又救下了因贪玩掉到漠翠河里的蜀亚，受到嘉奖，成了雪漠阁的金牌教官。这10年间，他无数次想借着救命恩人的身份跟蜀亚把关系走近一点，可蜀亚对他怎么也看不顺眼。好在蜀纪重情重义，也看中了他一身的好功夫，让他从无名小卒成了雪漠阁阁副。

看着他们离开的身影，蜀佑摸了摸被棋子砸疼的脑袋，也转身要走。

"哎，王叔，你可不能走啊！"

蜀亚叫住他，然后蹲下身子，捡那些洒了一地的棋子。蜀佑挪了几步，在蜀亚身旁蹲下来，若有所思。

"王叔，你和竹子焕那个老家伙是不是商量好了？把我往火坑里推啊？一个月，一个月我破什么案？你跟我说实话，竹子焕那个家伙查了多少年了？再说了，这盐竹不见的事儿，我可是第一次听说啊。"

"太子，我怎么会把你往火坑里推呢？这竹子焕分明就是有备而来，明摆着要把这事儿推给你啊。你想啊，这事他查了差不多15年了，一点儿线索都没有，不是说明他无能吗？他还能继续兜着吗？再说了，这事推给你，你查出来了，那是他荐人有功；你没有查出来，那跟他也没有关系！"

"真是个狡猾的老家伙！我才不信他查了十几年什么线索也没有，他肯定隐瞒了什么。王叔，那个老家伙靠不住。可咱是自己人啊，你得帮我，你得告诉我到底怎么回事。"

蜀佑叹了口气："太子，我啊，知道的也并不多。这盐竹，在15年间，年年丢，一年比一年丢得多，都是在竹林里，一夜之间，准确点儿说是眨眼之间，凭空消失的，没有任何预兆，也没有任何痕迹。这次不见了5丛……"蜀佑摇摇头，满脸都是可惜。漠璃国的盐竹以丛为单位种植，每一丛有21棵盐竹。

"这么奇怪？"蜀亚似乎突然就有了兴趣，站起来伸手扶了蜀佑一把，用开玩笑的语气说道，"王叔，该不会是你们监守自盗吧？"

蜀佑忙说："太子，人类常说，东西可以乱吃，话可不能乱讲啊！怎么可能是我们？你想啊，我们要是监守自盗，不上报就皆大欢喜了嘛，大不了说盐竹开花死掉了。"

"王叔，你不要激动嘛！我是跟你开玩笑的。这15年，真的一点线索都没有留下？"蜀亚充满了疑惑。所谓雁过留声，雪落留痕，盐竹年复一年地失窃，居然没有任何痕迹。而且据蜀佑所说，那盐竹在不到一秒的时间就能消失不见，从理论上来讲，根本不可能。

"没有，我们也曾全城搜索，这么多的盐竹不见了，他要是偷，也得有地方来藏啊，可还是一无所获。再说，这每只熊猫都有配额，完全足够食用，谁还费那心思来偷盐竹啊？"蜀佑抬眼看了看四周，低声说，"所以啊，我怀疑，是不是有什么灵异的东西……"

蜀亚听了这话就想笑，漠璃国早就进入高科技时代了，什么灵异，鬼怪，他一律不相信。没有想到出身王族从小就接受优良教育的王叔，居然说出"灵异的东西"这样的话。

蜀佑可不管蜀亚是不是笑话他，拉了蜀亚在桌边坐下，解释道："太子，我说的灵异，可不是什么鬼啊、怪的。我觉得啊，是不是什么磁场把我们的盐竹吸走了？"

刚说到这里，蜀佑身上发出"嘀嘀"的声音，他低头看了一眼手腕上的熊phone99："太子，伺竹馆有公务，我先告辞了。"说罢，站起身来。

蜀亚也站了起来，对蜀佑拱了拱手："王叔慢走。"

送走蜀佑，蜀亚沿着王宫里的青石小路，朝蜀纪的寝殿走去。他对盐竹的离奇消失充满了疑问，他也不相信15年的时间，会查不到一点线索。

寝殿的门楣上，"竹宁殿" 3 个大字苍劲有力。大厅的门开着，厅内整齐摆放着用翠竹制作的桌椅，正对大门的墙上，挂着一幅百竹图，图的两边挂的是蜀纪自己书写的"直视苍天傲暑寒，青枝绿叶簇高竿"。

蜀纪和竹子焕在大厅左侧摆上了棋局，桌旁的茶杯里，新泡的茶水微微冒着水气，空气中飘着幽幽的茶香味。

"进来吧！"蜀亚站在门口，犹豫着要不要进去，就听到蜀纪唤自己的声音。

他走过去，叫了一声"父王"，便站在一旁，盯着已经开局的棋盘，半天开不了口。

"你来是想问盐竹的事吧？"蜀纪举起一枚白棋，落棋有声，"15 年了，盐竹年年丢。这一查，十几年过去了，什么收获都没有，还……"说到这里，蜀纪的声音有点颤抖，他望向门外，像是在回忆什么，然后重重地叹了一口气。

"具体的，你问竹阁副吧。唉，我休息一会儿。这个棋局，改天再战吧。"他站起来，"这个事情，低调进行吧。"说完，他慢慢朝卧房走去。

看着蜀纪的背影，蜀亚第一次感到父亲已经老了。而一些别有用心的人恐怕已经觊觎漠璃的王位了，譬如竹子焕。

"殿下,这份16岁生日礼物,殿下可还满意?"竹子焕起身,对蜀亚鞠了一躬。

"竹阁副,我蜀亚从未得罪过你吧?是,您救过我的命,我对您虽不是亲密无间,但也算礼貌恭敬吧?您至于挖个坑给我跳吗?"蜀亚坐在刚刚蜀纪坐过的竹椅上,端起桌边的茶杯咂了一口。

竹子焕微微一笑:"殿下,微臣可是为了你好啊!这王宫上下,对殿下的议论,相信殿下也是有所耳闻。此时,不正是你为自己正名的好时机吗?"

蜀亚哼了一声:"你的意思,我还得感谢你?"

"殿下不必客气,臣定当竭尽全力!"

蜀亚瞪了他一眼:"把这些年你查到的线索给我吧。"

"没有啊,殿下,毫无头绪,没有线索!正是这样,才必须由您出马啊!"竹子焕弓着腰,脸上却露出一丝狡黠。

蜀亚从牙齿缝中呲出一口气,拂袖而去。

第三章　单枪匹马题难解
　　　　兄弟朋友同心谐

书到用时方恨少，蜀亚突然就明白了这句谚语的含义。人类还有一句话说：团结就是力量。蜀亚明白，这事靠他自己，猴年马月也搞不清楚。好在，自己也有几个朋友。

手腕上的熊phone99是科技院去年研发的新品，可选择多种通话模式并提供GPS定位功能。

他对着熊phone99喊了一声"蜀诚"，便接通了与蜀诚的连线。

蜀诚是史官轩辕颂迁的儿子，与蜀亚同年同月同日生，原名轩辕慎言，包含了轩辕颂迁对儿子谨言慎行的寄望。

轩辕慎言4岁那年，随轩辕颂迁到王宫参加漠璃国的中秋晚宴。轩辕颂迁无意中说起正好给儿子过生日，却那么巧被蜀纪听到，连连感叹两个孩子有缘分，当场就给轩辕慎言赐名蜀诚，并嘱咐轩辕颂迁次日把蜀诚送到习竹书院，同蜀亚一起学习。从此，蜀诚和蜀亚形影不离，情同手足。

接到蜀亚呼叫的时候，蜀诚正在帮轩辕颂迁整理上半年的史料。听到手腕上的熊phone99发出声音，他对父亲抱歉地笑了笑。

"去吧,去吧,路上慢点儿。"轩辕颂迁把蜀诚送到门口,看着他慢慢走远,才又回到了院内。

转过街角,闪过熙熙攘攘的街市,穿过城中纵横交错的大街,进入王宫,只留下门口面部识别门禁的语音:蜀诚公子,请进!

他的速度如此之快,以至于与他擦肩而过的竹子焕,也没有留意到他。

当然,蜀诚也没有留意到,竹子焕出了王宫便隐入了不远处的一座挂着"上善若水"牌匾的茶楼。

二楼,走廊尽头的那间包房,门窗紧闭。里面一个声音说:"此事让太子去查,妥当吗?昨天的信息说了,这是我们最后的机会,再找不到的话……如果……"

"别担心,我早就有了安排。即使有什么意外,咱不是还有最后一张底牌吗?他不会太为难我们的。你,你,你们几个继续……哎,那个谁,怎么没有来?"竹子焕对自己的安排胸有成竹。

"你不知道么?我们已经很久联系不上他了。"

"你也联系不上?你们不是应该天天见面吗?"屋里似乎还有第三者。

果然,又一个声音说:"天天见面又如何?我过来的时候呼叫他了,他不在,我也找不到他。"

房间里安静了一阵子,竹子焕的声音又响了起来:"也许,他有别的事情吧。没关系。关键是太子身边那块黑炭,得把他弄走。还有,需要有一个人引导一下查案的方向。"

"我还是觉得这件事不妥当。要是太子……"

竹子焕打断了这个声音,厉声说:"十几年了,要不是你优柔寡断、前怕狼后怕虎,我们早就回去了。要我说,直接绑架了太子最好!可若是蜀纪真的召唤了万马千军,我们可毫无还手之力啊!就照我的计划办!"

几个声音嗯嗯了两声,又安静了。没一会儿,竹子焕探出头,看了看四周,刚要走,又回过头说了一句:"小心行事!"说完便神色自若地离开了。

"殿下,这么急找我,怎么了?"蜀诚脱下外套,递给了蜀亚寝殿中的侍从,小声告诉他,"你先去休息一下,这里就交给我。"侍从接过外套,点点头便退出了寝殿,顺手关上了门。

"你知道盐竹失窃的事情吗?"蜀亚坐在书桌前,以往只用来听音乐看电影的智博库显示着盐竹的信息。

不等蜀诚回答,他噼里啪啦把盐竹被窃的事,竹子焕的阴谋诡计通通讲给了蜀诚,然后端起那个按照他的外形制作的杯子喝了一口奶茶,顺手按了一下桌边数字键盘上的"7",

将弹出来的奶茶递给蜀诚:"尝尝吧,新品。沁翠之心。"

蜀诚缓缓端起奶茶,看着那粉粉的绿色上面浮着乳白色的泡沫,沫子上还点缀着翠绿色的小颗粒,煞是好看。他轻轻抿了一口,一股翠竹的清香混着奶液的香醇在嘴里弥散开来。可此刻,他没有心思细品这奶茶的醇香,却想起上午整理史料的时候,瞟到的一条关于盐竹被窃的记载。

"竹子焕那个老家伙,今天当着父王和我蜀佑王叔的面儿,把这事儿推到我头上!我父王居然还答应了!你说,这都叫什么事啊!"蜀亚停顿了一下,左手握成拳头,打在桌子上,"而且,父王只给了我一个月的时间。要知道,竹子焕查了15年,还说没有头绪呢。看来,我必须好好学习喽!不过啊,查案这段时间,我可以不上课!"他嘿嘿笑了两声,双手交叉抱过头顶,往椅子上一靠,双脚便交叉着放到了书桌上,哼着他自己新写的歌摇晃着。

蜀诚跟随太子多年,自然也是不太喜欢竹子焕的。

那条记载上的时间,是2604年9月。到现在刚好15年,丝毫不差。既然那条记载让他看到,既然太子又遇上了这件事情,他定当帮助太子,破了此案。

12年前,当他进入习竹学院的第一天,轩辕颂迁就告诉他:从今天起,你的命运同太子绑在了一起。

太子的事，自然便是蜀诚的事。

蜀诚拍拍蜀亚的肩："殿下你也别急，船到桥头自然直。这件事虽然棘手一些，但也应该比较好玩吧。至少，比上历史课有意思吧？"

蜀亚点点头，从裤兜中摸出一颗金色的圆球："小金啊小金，你说我看了那么多的包拯柯南福尔摩斯，是不是就会破了这个悬案呢？"他喜欢看电影，尤其是悬疑罪案片，看完之后再嘲笑自己智商不够用。

蜀诚笑笑："那是必须啊！他们多厉害啊！尤其是包拯。话说熟读唐诗300首，不会作诗也会吟。这是一个道理啊！"放下杯子，他从书架上取下一本徐志摩递给蜀亚，"殿下，柯南身边有阿笠，福尔摩斯身边有华生，包拯身边不光有公孙策，还有王朝马汉……这事，就我们俩……"

蜀亚看着蜀诚，摸摸那本毫无关系的徐志摩，心说，你不就是想让我把若风表哥找来吗？这么多年，我还不了解你？

他收起笑容，皱起眉头："确实是件头疼的事。你看要不找找若风表哥，听说他快从锦官城回来了。"

上官若风是上官家族近10年来，最优秀的孩子之一。在习竹学院，他一直是一个传奇，用"能文能武"四个字来形容他，一点儿也不为过。

也许是读书太用功,他早早就架上了金丝眼镜,文绉绉的外表下却是一个非典型工科男。虽然不太喜欢说话,却绝不是嘴笨;虽然成天 XYZ,却也看契诃夫和徐志摩。出身科技院的他,已然成了家族的骄傲。

3 个月前,上官若风接到任务去锦官城探听 100 多年前失踪熊猫的消息,期限是 100 天。

"我不知道风是往哪一个方向吹……"用徐志摩的词来做自己的个性铃声的,只能是上官若风了。蜀诚手腕上的熊 phone99 显出了若风的头像,真是说曹操曹操到。

"诚,我回来了。告诉太子,我们见个面。"

蜀亚拉过蜀诚的手腕,对着熊 phone99 做了一个鬼脸:"若风表哥,我们刚刚提到你,你就出现了,简直就是及时雨。我现在就有空,你来青竹斋吧,我们正有事要你帮忙呢!"

"好!"若风总是这样言简意赅。他喜欢契诃夫说的"简洁是天才的姊妹",不过他总是说"简洁是天才的兄弟"。

蜀诚又喝了一口沁翠之心,那幽幽的醇香还留在齿间,若风就出现在了青竹斋。

俗话说,3 个臭皮匠胜过诸葛亮。这 3 个比臭皮匠胜过许多的小伙子凑在一起,也能胜过诸葛熊猫了吧。

"殿下,你刚才说有事?"若风端起蜀亚为他接的沁翠之心,喝了一口。

"若风表哥,有个案子,竹子焕撑不下去了,硬生生推给了我,我本想推托,可父王居然同意了竹子焕的建议,给了我一个月的时间查这件事。你知道,我没什么本事,只能向你求救了。"

"说正事!"若风皱了皱眉,竹子焕老奸巨猾,可没有什么好事推给蜀亚。

"盐竹。若风表哥,盐竹不见的事,你听说过没有?"蜀亚看着在他心目中一直无所不能的若风,满怀期待。

若风瞟了一眼蜀诚,思索了半刻,说:"一次偶然的机会,我听父亲说起过。在我出生的前一年,丢了一些盐竹,国王姑父也调查过这件事,但是,好像父亲很不愿意提起这件事,而且……"若风仰起头,嘴里呲出一口气,"好像什么也没有查出来吧!后来,就没有听说过相关的消息了。你们呢?"

"其实这些年,盐竹一直都在丢失,已经 15 年了。"蜀亚伸出手比了一个"15"接着说,"今天,蜀佑王叔来过,说盐竹又丢了,20 年生的,5 丛。父王有多生气,我不说你也能猜到了……"

若风冷峻的脸上并没有什么表情,他很淡然地问了一句:"竹子焕没线索?"

"当然啊！他能有什么线索？就算有，也是不愿意给我的。这个老家伙，把这块难啃的骨头丢给我，又故意不给我任何线索，就是存心要我难堪，让王宫里那些大臣们上书父王废了我呗！哼，我却偏偏要好好查一下究竟是怎么回事。"蜀亚说完，望向了窗外，银杏树的叶子都黄了，随着风，一片一片往下落。

落下的仿佛还有漠璃国的未来——他是蜀纪唯一的儿子，要是废了他的储位——漠璃国还未有过先例。

蜀诚与若风对望了一眼，又看了看蜀亚。蜀亚没有理会他们的目光，从阳台翻身出去，跳到了对面的树上，在树杈上躺了下来，又吹起了那曲《漠璃谣》。

"上官公子，这件事你怎么看？"蜀诚问道。除了上官若风，大概没有谁比他更想帮蜀亚破解这个难题了。然而，他也知道，只凭他们3个的力量，离问题的最终答案还太远太远。

在若风看来，这件案子最先着手调查的是国王，除了他，没有谁比他更清楚这个案子的第一手资料。既然竹子焕不愿开口，那问国王则是最快捷的办法。

蜀诚赞同若风的看法，与其他们这样毫无根据地猜测，倒不如直接去问一下国王。

一曲《漠璃谣》终了，蜀亚看向琉璃山边的落日，蜀纪那个有些沧桑的背影仿佛又出现在他眼前,也许自己真该长大了。

"怎么样?二位公子,有主意了吗?我们怎么办?"他从树上跳回了房间。

"日行夜行,计划先行!"若风依旧面无表情,推了推鼻梁上的眼镜。

蜀亚拿着长笛往自己头上一敲:"计划赶不上变化!一切伟大的事都是碰巧发生的,那些不重要的事情,才会需要做计划呢!就不要什么计划了,车到山前必有路!咱们一路走着一路办呗。"

若风对蜀亚的说法无言以对,干咳两声言道:"我有一个问题,但是也许没有答案。"

"有问题你就说呀,你不说我怎么知道有没有答案。难道你不说,我会说 I know;而你说了,我又会说 I don't know 吗?"蜀亚的话匣子一打开就关不住,除了在吹笛子和睡觉的时候,蜀诚从未见过他安安静静待上 10 分钟。

若风白了他一眼:"你唐僧啊!"

蜀亚左右摆摆头,一副"我乐意"的模样,坐到椅子上,两手交叉放在脑后,两只脚又放上了书桌。

"若风公子,你有什么问题?"蜀诚期待着若风的智慧给案子带来不一样的视角。

"盐竹之于我们，真的有那么重要吗？作为食物来讲，它未必就不可替代。诚，你还记得吗？历史课本上学过，雪盐的花纹，像是一种文字。也许，这才是盐竹更重要的价值。"

"多年来，父亲与史学院的老师们也研究过雪盐的花纹，也与世界各国的文字进行过比对，只是去年，由于有了新的课题，这个课题就暂时搁浅了。"蜀诚回答若风。

有时候确实是这样，当一件事多年没有明显进展的时候，会让人心灰意冷，当一个新的挑战来临，旧的故事就会被遗忘。喜新厌旧，适用于各个领域。

若风转向蜀亚，拍了一下他晃动着的双脚："殿下，要不你去问问国王姑父，这事他不会什么都不知道吧？"

蜀亚一面应着他，一面在他的熊phone99上跟他暗恋的姑娘聊着天，脚丫子在桌上得意地晃动着。

"殿下，还有佑亲王，他一定也知道些什么。"蜀诚摸了摸眉心的月牙。

蜀亚点着头，目不转睛盯着手腕上的熊phone99，他等着姑娘的回复，因为他刚刚告诉她，他要干一件大事，希望能得到她的帮助。

第四章　盐竹秘密不简单
　　　　天降白光成关键

　　清早,蜀亚第一次被闹钟叫醒——以往都是蜀诚过来叫醒他,或者睡到自然醒。朦胧的睡眼在冷水的刺激下睁开,他晃晃脑袋,理了理头上有点乱的头发。对着镜子仔细整理了自己的衣服——青紫色的长袍,袖子上镶了金边。为了偷懒,他有一柜子这样的长袍。

　　出了王宫,他径直奔向伺竹馆。

　　王宫之外,靠近雪漠峰的山脚,有一处幽静的府邸。这是100年前,为了培育盐竹而修建的。紫色的土壤就采自雪漠峰。这府邸的门额上只有从王羲之的字帖里挑出的"伺竹"二字,飘逸而潇洒。馆内,超过七成种植的是盐竹。蜀亚到的时候,蜀佑和伺竹馆当值的贝勒们正蹲在地上,察看失踪盐竹留下的土坑。

　　"蜀佑王叔,哥哥们,辛苦!"蜀佑和贝勒们一看太子来了,连忙行礼。

　　蜀亚摆摆手:"大家辛苦,这盐竹失踪的事情,各位可有什么高见?"

　　哥哥们早已得知蜀亚接手此事,也想帮帮蜀亚,可确实没有什么线索,只得摇摇头纷纷告退,只留下蜀佑在那里。

蜀佑慢慢站起来,拍拍手上的土,顺手在身上擦了擦,浅灰色的衣服上留下了两道紫色的印子。

"太子,我们里面说。"说着,就把蜀亚带到了西厢。

伺竹馆的房间布置得简洁雅致,墙上挂着从锦官城买来的蜀绣:上面是一只憨态可掬的大熊猫。

叔侄俩挨着桌子坐下,蜀佑便先开了口:"太子,你今天既然能到伺竹馆来,就是这事儿你准备认真了?"

蜀亚点点头:"不过王叔,你这儿的墙,有没有长耳朵呀?"

蜀佑笑了笑,指着蜀亚的鼻子:"刚当侦探几天啊?还知道隔墙有耳了!"他按了一下桌上的"C"键,四周便升起弧形的硅玻,形成一个透明的球体,将他们围在中央。

"这下你放心了吧?"

这是科技院研制的"安全球",一共有3个,另外两个分别在漠璃王宫和科技院。安全球能够将球体内部隔绝成一个独立空间,完全隔音。

蜀亚盘腿而坐,等待蜀佑为他讲述盐竹的故事。

"我就把我知道的,能告诉你的,全部都告诉你。"蜀佑望了一眼外面的天花板,停顿了一会儿,"15年前,也是一个秋天,那时我刚刚到伺竹馆,你父王也才继位不久。一天夜里,巡夜的贝勒看到一道白光从天边倾泻下来，一闪而过。白光消失的同时，盐竹也不见了，只剩下刚才你看到的那种土坑。"

见蜀亚没有要说话的意思，蜀佑接着说："当时的竹令大臣，是我的叔叔，也就是你爷爷最小的弟弟，他马上派武者在方圆10里的范围内进行搜索，可别说盐竹了，一片盐竹叶都没有。之后，你父王也开始查这件事。"

"查出来什么了？"蜀亚急切地问。

"没有。什么也没有查出来。"蜀佑顿了顿，"不过……"

"不过什么？蜀佑王叔，你都说到这份儿上了，再多说那么一丢丢又何妨？"看蜀佑犹豫不决，蜀亚两个眼珠一转，"听说长得越帅胸怀越坦荡，也越仁慈。王叔，您看您风度翩翩，玉树临风，风流倜……"

"去去去！成天油嘴滑舌的，这功夫不光用来撩姑娘，用到你王叔我身上？"蜀佑打断蜀亚的一串马屁，却很是受用。他深吸了一口气，一副豁出去的样子，"有一天，不知道你父王从哪里得到了什么消息，突然就召了科技院，让他们负责调查这件事。而伺竹馆就再也没有接触过盐竹丢失的核心信息。这些年，一直都是雪漠阁在负责了。至于科技院还有没有参与，我就不得而知了。"

说完，他还不忘嘱咐蜀亚："可千万别让你父王知道这是我说的。他呀，不愿意提。"

离开的时候，蜀佑拉着蜀亚，低声说："太子，我还是保留我之前的意见，可能是什么未知的磁场，吸走了盐竹。我始终觉得，若是我们中的谁故意而为的话，不可能那么干净，连竹带根什么也不留下。"说完递给蜀亚一个小塑料袋，很郑重地在蜀亚的手上拍了拍。

谢过蜀佑，蜀亚看着那个走远的背影耸了耸肩，手中的塑料袋里装着土坑里的土壤取样。他慢吞吞地朝王宫走着。街边的戏台上，上演着新的戏码，主角的脸随着二胡锣鼓的声响和剧情的变化不断改换着花样。蜀亚停驻在戏台前，望着舞台上五彩的戏服，变幻的脸谱，心却飞到了雪漠峰那一片盐竹身上。

"蜀亚哥哥！你怎么在这里啊？"身后一个带着惊喜而又温柔的声音将他拉了回来。

蜀亚愣了一下，仰起了头，一脸"怎么这么倒霉"的表情，却又跟上官初雨开起了玩笑："哎哟，这声音怎么那么像我的初雨妹妹呀？"说完一转身，上官初雨已经羞得满脸通红，上官如雷则站在一边，冲蜀亚做了一个揖。

"哟，贯耳你也在！"蜀亚开玩笑地说道。"贯耳"是蜀亚给上官如雷取的绰号，从小到大，他就这么叫着。

上官初雨和上官如雷是龙凤胎，被科技院收养的时候，刚刚3岁。姐弟俩长得一模一样，只是性别不同罢了。

如雷点点头："真是好巧！"

蜀亚笑了笑，又对上官初雨说："对呀，好巧！倘若此时我中规中矩地在宫里，又怎么能碰见你们呢？是吧？你们这又是要去哪里呀？"

初雨的脸更红了："我跟如雷是要去找若风哥哥的。听说，这两天，他跟你在一起？"

"是找我呀，还是找若风表哥啊？"蜀亚还是一副开玩笑的样子，虽然他任何时候都不想碰到初雨，却还是忍不住要逗逗她。

"我……"初雨终是开不了口。在喜欢的人面前，每个人都会变得嘴拙。

如雷却说话了："我姐啊，找你呗！"说完，冲蜀亚挤了挤眼睛。

蜀亚脸上始终带着笑意："可是我今天有点事情，陪不了你啦。这不刚从伺竹馆出来，还得赶快回去。不过呀，好歹也见上我初雨妹妹一面了，这一趟啊不浪费！下次，你们跟若风表哥一起过来玩吧！"

初雨一个劲地点头，如雷却不经意地瞟向蜀亚的双眼。

回到青竹斋,蜀亚打开智博库,从15年前的秋天开始,查阅着盐竹的信息,没看几页,他就觉得头疼,这些文字的确不如五线谱有意思啊。

夜幕悄悄地如约而至,蜀亚却没有半点收获。他从椅子上站起来,揉了揉眼睛。走到阳台上,深蓝的夜空中闪烁着点点繁星,蜀佑的话又一次闯入了他的脑海。难道真的存在一种奇怪的磁场?但磁场不会自主选择带走什么东西,而且如此规律吧?譬如百慕大的磁场,不管是天上飞的,地上跑的,海里行的,都通通吃掉。难道,现在的磁场都智能化了?

回到桌前,蜀亚给自己接了一杯竹咖。那杯浓稠的巧克力色液体,顺着喉管滑进了他的食道,他的胃。温度刚刚好,唤醒了已经疲惫的细胞,蜀亚瞬间又充满了元气。

刚进入状态,熊phone99又响起声音:我是一个努力干活还不粘人的小妖精。这是他给蜀诚设置的铃声。那张帅气脸庞的剪影浮在半空中,微微笑着:"我在父亲的智博库里发现了一条信息,或许有用。他的ID密码我破不了,无法传送。等天亮我过来再说吧。"

天空微微泛白的时候,太阳在雪漠峰山边呼之欲出,温柔的光芒从云层的缝隙中透出来,穿越层层竹林,均匀地洒在漠翠河上,照进河底的沙石,泛起五彩的光晕。雪漠峰的山顶被阳光笼罩，镀上了一层耀眼的温暖。

蜀亚在晨光中洗了一把脸，刚把门打开，蜀诚就风风火火地跑过来："昨天半夜看到之后，一直睡不着了。总算等到天亮！你看看我的黑眼圈！"

"我也一夜没睡，你看我的黑眼圈！哎，早知道就叫你过来了，我跟你说啊，我在我这智博库里，发现……"

"有新线索？！"蜀诚眼睛都亮了。

"哎，一条有用的都没有！"

蜀诚切了一声，摆摆手："殿下，你真没劲！"

两人在桌子旁坐下，蜀亚按下数字键盘的"0"，发出指令："小亚，吃饭啦！两份！"

对于蜀亚来说，这个数字键盘最重要的作用就是给他提供各种美食，也只有"7"和"0"是他时常用的按键。

蜀诚嚼着盐竹面包，把洒掉的面包屑都捡了起来，一把塞到嘴里："我昨天晚上，偷偷去看了我父亲的智博库，里面有一条是说盐竹的失窃，极有可能是盐竹隐藏着天机，也许跟那些文字有关。"

"什么天机？"蜀亚一头雾水。

"天机，当然是不可泄露啊！你还记得吗？若风公子也提到过那些文字。说不定偷走盐竹的人，真的是为了文字而来。"

蜀诚吮吸了一下沾满黄油的食指,又在眉心的月牙上蹭了蹭,"但是这条信息的来源,我可不清楚。多半是父亲自己瞎想的吧。"他又顿了一下,"也没准儿是他听说的。"

蜀亚一边听,一边点头:"我昨天听蜀佑王叔讲,当年科技院还参加过调查。之后,才由雪漠阁接手的。"

说到这里,蜀亚才想起他还没有去找父亲解答他们的问题。

"哎呀,忘了一件大事!"说着抓起长袍往身上一披,留下蜀诚在青竹斋等着若风,自己则如风一样地消失在蜀诚的视野中。

竹宁殿前,蜀亚遇上了漠璃国的神探竹岳,原来他也回来了。不过他常有任务,很少在王宫出现,性格又比较高冷,与蜀亚交集甚少。

见蜀亚走过来,他侧身让了一下,双手抱拳,不卑不亢地对着蜀亚行了个礼,嘴唇微微动了一下,挤到嗓子眼的"殿下早"三个字,冲出嘴唇时,声音已经低到快要听不见了。

蜀亚倒是不在乎礼节,冲竹岳点点头,便走进了竹宁殿的大厅。

正在看书的蜀纪把手中的书合上,冲蜀亚扬了扬脑袋:"这么早就过来?什么事情这样着急?"

蜀亚咬了咬嘴唇:"父王,竹岳也是来查盐竹的事的吗?"

"竹岳？"蜀纪没有料到蜀亚会这么早过来，自然没有预料到他会和竹岳在殿前相遇，"呵呵，那倒不是。这事既然交给你了，我怎么会安排其他人？我的大侦探，你安心查吧。竹岳是来说在锦官城找到竹子勋的后裔了。"

"一百多年前，失踪的飞行员竹子勋？"因为那节课有罚站，蜀亚对这个名字记得尤其清楚。

蜀纪点点头，从嘴角到眉梢都是掩盖不住的欢喜。

看着蜀纪高兴的样子，蜀亚对得到问题答案的信心又添了几分。他在蜀纪对面的椅子上坐下，说："好吧。父王，我有两个问题，希望你能如实回答。"

蜀纪的嘴角轻轻向上咧开来："有点儿查案的样子了！不错！"他喝了一口绿茶，笑眯眯地看着儿子，"好吧，你有什么问题？"

"第一，盐竹是不是承载了什么我不知道的秘密？第二，您手里有多少关于这个案子的线索没有告诉我？"

蜀亚坐在父亲的对面，盯着父亲的眼睛。

"第一个问题，等着你去发现，因为我也说不清楚。也许是雪盐的文字，也许是别的什么。第二个问题，我想，得给你讲一个故事。"

蜀纪站起来，端起茶杯喝了一口茶，含在嘴里半刻才咽了下去。

"20年前，老国王曾看到一道白光从天而降，他记在日记本上，却因为后来再也没有看到过，就把它当成了一次偶然现象。直到5年后，漠璃国第一次丢失盐竹。当时年轻的国王在调查的时候，无意间找到了老国王的日记，将丢失盐竹时的白光与老国王看到的白光联系在一起，在没有任何佐证的情况下，执意让科技院打造了飞船，去往太空。可以说，是一意孤行。一意孤行的代价，就是执行任务的将军，再也没有回来。而盐竹依然每年都在丢失。"

蜀纪的声音有些哽咽，眼眶也微微泛红起来。

蜀亚想安慰父亲几句，却无从开口。他怎么会想到，盐竹失窃的背后竟然有一个如此悲伤的故事。

"下去吧，记住，任何时候，除了国和家，没有什么比生命更重要。"蜀纪打断了蜀亚的话，语重心长地嘱咐道。

"是，父王。"怀着复杂的心情，蜀亚转身离开了竹宁殿。

看着蜀亚离开的背影，蜀纪有些忧伤，他的儿子，能成为漠璃的骄傲吗？他低头拿起未看完的书，却看到刚才蜀亚坐过的地方，有一个金色的圆球。

"这个蜀亚，什么时候能收收心，不贪玩啊！还在玩这种……"他弯腰拾起圆球，一下子愣住了。

蜀纪抚摸着圆球表面精雕细琢的花纹，回忆起蜀亚出生的那个夜晚：

皓月当空，漠璃举国欢庆中秋的时候，王后上官雅诞下了一名王子。他从晚宴现场回到宫中，小王子正依偎在侍女修彦的怀中，小家伙粉粉嫩嫩，惹人喜爱。他小心翼翼地将这份欢喜抱在怀中，点着小王子小小的鼻尖："你呀，就叫蜀亚了，满月即册封太子。"

欢喜还挂在眉梢，屋外传来"起火了"的呼救声。为小王子准备的寝殿青竹斋起火了。蜀纪将蜀亚交到修彦手中，便出门查看火势。所幸彼时的青竹斋还空着，除了几丛盐竹，并没有大的损失。但小王子襁褓中的金熊珠却在大火之后不见了。

而现在那颗金熊珠竟完好无缺地在蜀纪手中，依然闪着金光。

第五章　调查之路初启程
　　　　　高手佳人共助力

　　此时的青竹斋，早已是绿竹苍翠。若风和蜀诚已经喝了两杯沁翠之心，不时望向门外。这几天，若风忙着对蜀亚从伺竹馆带回来的土壤取样做成分分析，也去了一趟雪漠阁，找他的师兄弟打听消息，却还是一无所获。

　　蜀亚推开门，蜀诚和若风坐在桌前，听到开门的声音，一个青紫色的身影迅速闪了进来。

　　"嘿，你们就不想问问我，有什么收获吗？"蜀亚在桌边坐下，抬起了下巴。蜀诚和若风没有出声，反而露出一副"你爱说不说"的样子。

　　"哎，没劲！看你们这么期待，我就告诉你们好了。"蜀亚做了一个嘘的手势，故作神秘地环视四周，清了清嗓子，低声说道："第一，盐竹身上的确藏着秘密，maybe 就是蜀诚所说的天机。至于这天机是什么，父王说等着我去发现。"虽是一个陈述句，蜀亚却是一张问号脸。

　　"他还说了，可能是文字，也可能不是文字。"蜀亚耸耸肩，挑了挑眉毛。

　　蜀诚搓了搓脸："殿下，你这问了等于白问啊！"

蜀亚用手指蹭了蹭鼻子:"别急啊,我还有二呢!"

"是挺二!"若风喝了一口奶茶,"说重点。"

蜀亚扬了扬眉毛,说道:"盐竹丢失之前,我爷爷他老人家看到天空中闪过了一道白光。没准儿啊,就和盐竹丢失时闪过的白光,是一样一样的。还有第三,"蜀亚伸出三根指头比划了一下,继续说道,"那年父王召了科技院,做了个飞船上太空。不过,具体谁参与的,他没有说,我也忘了问。伤心的是,进太空的那只可怜的熊猫失联了,至今没有消息。"

说到这里,蜀亚也不免有些心伤。也许破案之路,并没有他想象的那么容易。

他看着若风:"若风表哥……"

"别这么看着我。我一无所知。"若风躲开蜀亚的目光,转移话题道,"土壤没有异样。我也去过雪漠阁,没有谁知道这件事。"

蜀亚点点头,又将脸凑到若风面前,祈求他找舅舅问问科技院对这件事到底参与了多少。其实,就算他不说,若风也会去问。

伸了伸懒腰,蜀亚又靠在了椅子上,双脚和往常一样放在桌上,一脸的悠闲。

蜀诚和若风却是比他更清楚破案路上未知的艰难险阻。

"初雨来找你了。"若风轻描淡写地说。

听到初雨,蜀亚刚才还悠然自得的脸,一下子就凝固了:"若风表哥……"

"佳人落泪,奈若何?"若风叹口气道,"还好碰见竹飞,不然准跟着我跑进来。你知道……"

"知道!"蜀亚一下子趴到了桌上,蜀诚却在一旁偷偷发笑。

若风从小就对妹妹没有抵抗力,初雨的眼泪还装在眼眶,若风就缴械投降了。

"还有啊,我答应初雨了,谈完事情,带你去花园找她。"

"你要害死我啊!"蜀亚摸了摸腰间,想用小金砸一下若风,可小金呢?

"回头再找吧……"蜀亚嘟囔了一句,"走吧,去花园。女人呐,真麻烦!"

初雨喜欢蜀亚,几乎整个王宫都知道。可蜀亚却暗暗喜欢着另一个颇有灵气的女孩。

"不喜欢就趁早说。别招惹了人家还嫌烦。"若风显然不喜欢蜀亚对自己妹妹的态度。

"可是,我,我怎么说得出口嘛。难道就说,我不喜欢你,你不要来找我?初雨可没有跟我说过她喜欢我啊。"

看着蜀亚一脸的无辜,若风留下一个鄙视的眼神,推门出去了。蜀诚走过来，拍拍蜀亚的肩膀："殿下，可是全城都知道上官姑娘喜欢你。"说罢，留下一个高深莫测的笑容，摸摸眉心的月牙，推门而去。

蜀亚在后面，摇摇头，也推开门，跟了出去。

门外，是浓郁的秋的气息。

这几日，那颗大大的黄桷树，叶片也开始掉落。花园里的银杏和梧桐，树叶早就铺满了地，踩上去温暖而柔软，比地毯还要舒服。千姿百态的菊花也进入了繁花时节，吐露着各种颜色的花瓣，纤细而柔美，在微微的寒风中展露着清雅的姿态。

初雨的白色纱裙随着她的一招一式舞动着，竹飞在旁边念着口诀："……小荷才露尖尖角，早有蜻蜓立上头……"只见初雨把剑锋轻点在地上，身体腾空而起，剑顺势向上，划过一道弧线，同身体一起往下。当身体稳稳地站住，剑气扫过带来的风将落叶抚起，一片一片飞舞在空中。一袭白裙的初雨站在其间，宛若仙子。

"殿下，其实上官姑娘不错啊！"蜀诚用肩撞了撞蜀亚，遮住嘴巴小声说。

"你喜欢？"蜀亚斜着眼睛，坏坏地笑着，"那我让父王把她许给你？"

切！蜀诚揉了一下鼻子，又摸了摸眉心的月牙："多谢殿下！可是我呀，有喜欢的姑娘啦。"说着，眼神都亮了起来。

是啊，倒还真不是初雨不好，只是自己已经有喜欢的女孩子了。蜀亚的眼睛也亮了，嘴角咧出一道漂亮的弧线。尽管她拒绝了加入调查的邀请，也并没有给蜀亚肯定的回复，可是对蜀亚来说，这些并不重要啊。他足够自信，她是会喜欢他的。

"若风哥哥，蜀亚哥哥，蜀诚哥哥。"初雨将剑插入剑鞘，热情地招呼起几位哥哥来。而那双闪烁着光芒的眼睛却只盯着蜀亚。

蜀亚张了张嘴，想逗逗初雨，却又想起若风和蜀诚的话，只得把话和着唾沫吞了下去。然后，不自在地咳了两声。

"初雨，看也看了，剑也练了，回去吧？"若风试探着问。

初雨又看看蜀亚，见他躲开了自己的目光，有些纳闷，蜀亚怎么不跟自己讲话了呢。

她嘟起小嘴，点了点头："太子殿下，初雨告退了。"说罢转身离去，头也不回，任白色的纱衣飘在秋风里。

"殿下，竹飞也告退了。"在一边尴尬了半天的竹飞，终于找到一个合适的机会可以说话。

"竹护卫稍等，蜀亚有事相求！"见初雨已经走远，蜀亚几步跨到竹飞身边,对着竹飞行了一个拱手礼。

"殿下吩咐便是,竹飞不敢当。"竹飞有点惶恐,低着头,却目光坚毅。

蜀亚与竹飞也顶多是点头之交,他这一声"有事相求",必定是想借雪漠阁之力了。蜀诚只是有些疑惑,为什么不是竹岳。

若风小声说:"谁知道呢。"从心底来讲,他并不愿意再跟竹岳合作。这次与竹岳同去锦官城的任务虽说一切顺利,但却谈不上合作愉快。甚至,他有点讨厌竹岳了。

若风是竹飞父亲的最后一个弟子,从小就跟竹飞在一起习武。只不过他出身科技院,学习的重心还是放在了科技上。否则,若风的武学造诣,绝不会在竹岳之下。

花园往来人员复杂,蜀诚急忙提议:"殿下,竹护卫练了半天剑,不知道有没有口渴,你的沁翠之心也别藏着啊。"

蜀亚会意,两只眼睛笑到眯成两道弯弯的月牙:"竹护卫,咱们边喝奶茶边谈?"

竹飞揣测着这个顽劣的太子会有什么事情要"求"他。不过,他等这一天,已经等了10年。

只是他刚当上武右护卫两年,要说经验,自然不如武左护卫;要说武功,他也自认比哥哥竹岳要差一点。太子为什么找上自己,而没有找已经当了将军的哥哥,他不得而知。

他跟若风并排朝青竹斋走着。路上,他几次想开口问问太子找他到底是什么事,却始终没有开口。只是听着蜀亚讲冷笑话,配合着嘻哈两声。

刚到殿内坐下,蜀亚就客套起来:"竹护卫,我呢,从来没有这么认真过。当年在习竹学院,你的侦查学和痕迹学都是老师挂在嘴边的骄傲……"

"殿下不必客气,直说就行。竹飞习武之人,没那么多讲究。"听着那些由华丽辞藻堆砌而成的辞令,竹飞着实有些不习惯。

蜀亚尴尬地笑了笑,然后按下了"7",把弹起来的奶茶递给竹飞。

"竹护卫,实不相瞒,我们在调查盐竹失窃的案子。希望你能加入我们!"

见竹飞没有说话,若风连忙补充:"师哥,我们需要你。前两天我也找你打听过。这件事,其实是竹子焕推给太子的,他查了 15 年,什么也没有查出来。"

竹飞突然明白了,竹子焕哪里查过此事?别说他了,恐怕整个雪漠阁都不知道这件事。所以若风在雪漠阁的打听只能是一无所获。不用再多说,作为武者,这件事他义不容辞:"殿下,竹飞和雪漠阁定当尽力!"

"谢谢你,竹飞!谢谢你的帮助!"

"那，你们需要我的帮助吗？蜀亚哥哥？"天呐，这不是初雨的声音吗？

"初雨，你怎么到这里来了？"若风眉头微皱，在他看来，女孩子是不应该参与到这种事情中来的。

"哼，我要是不回来，怎么知道你们在做这么大的事？太子殿下，我的哥哥们。"初雨软绵绵地把这些话说完，眼神却极有杀伤力地看向蜀亚。

四目相顾，无言以对！

"初雨妹妹，哪有什么大事？几位哥哥就不说了，你看我，我像是做大事的吗？我们说的是最新的游戏。你个女孩子家家，还是不要玩啦。"蜀亚尽量把这句话说得流畅。

"哦……游戏啊？蜀亚哥哥。初雨虽然不聪明，但也想跟你们一起玩游戏啊！雪漠阁定当尽力的事情，我天象馆也定当竭尽全力！再说了，竹子焕也能玩这个游戏玩 15 年？"

看来，初雨听到的东西不少。

蜀亚看着若风，是否让初雨加入，决定权可不是在蜀亚手上的。若风这个宠妹狂魔，会让她加入吗？

初雨站在窗边，看着窗外的秋色，长这么大，她还是第一次这么一板一眼地说话，小心脏扑扑地跳着。她对加入哥哥们的队伍里不抱任何希望。

从花园离开，她才想起给蜀亚准备的小香囊没有给他。于是返回花园，可哪里还有蜀亚他们的影子。随即来到青竹斋，却无意间听见蜀亚他们的对话。

犹豫了半天，若风终于冲蜀亚点了点头。

得到应允，初雨开心地转了一个圈，白色的裙摆开出一朵百合。接着小腰一扭，肩膀一蹭，把若风挤开，自己在蜀亚的左边坐了下来。

蜀亚两手一摊，无可奈何地对着瞪圆了眼睛的若风笑了笑。

"诚，你给大家说一下。"蜀亚冲着蜀诚扬了一下下巴。

"是，殿下。"蜀诚摸了摸眉心的月牙，让大家打开自己的智博库随身包，"现阶段所有的信息已经整理好并传给大家，大家看看，有什么想法，都说说。"

"原来你们真的在查这个事情？"初雨低头小声自言自语，好像她事先就已经知道一样。

"竹护卫，你怎么看？"蜀亚看着竹飞，盼望着他能有一个好的办法。

竹飞喝了一口奶茶，缓缓地说："殿下，各位，也许我们该找找每一年盐竹失踪的记录。这事儿，伺竹馆可能比谁都清楚。蜀诚那边，也可以查查史料，看有什么漏掉的没有，尤其是关于盐竹身上的文字，特别重要。"

"行喽,伺竹馆那边就交给我!"蜀亚点着头就给蜀佑发了一个信息。

"那,大家还有什么想法?"蜀亚问道,目光扫过每个伙伴的脸。

"我和初雨去查科技院是谁参与了当年的调查?"若风站起来,手搭在蜀诚的肩膀上,"兄弟,任重而道远啊!"

蜀诚也站了起来,伸了个懒腰:"路漫漫其修远兮,吾将上……"

"哎呀,够了,够了,欺负我不会对诗是吧。"蜀亚蹭了蹭鼻子,"这件事呢,就辛苦各位了。我是帮不上什么忙,但大家累了的时候,我可以吹吹笛子给大家听。"

"竹护卫,谢谢你加入我们!"他转向竹飞,又行了一个礼。

竹飞连忙回礼:"殿下,我也不对诗,我只有四个字,坚持到底!告辞!"与伙伴们道别后,他便离开了青竹斋,留下一个山青色的背影。

"蜀亚哥哥,你不谢谢我吗?"初雨扯了扯蜀亚的衣袖。

"谢你干嘛?是你自己哭着喊着求着要加入的!"说出这句话,蜀亚就后悔了,毕竟初雨是个女孩子,又一直对自己那么好。

"你……"初雨耸着鼻子,脸涨得通红,心里顿时委屈极了。

"初雨,走了。"若风拉起初雨,瞥了蜀亚一眼,"过不了多久,他自会谢你的!"

蜀亚躲开若风的目光,却还是说了一句:"好雨,知时节……对不起,我忘记后面是什么了。"

初雨偷偷笑了,她知道,那句对不起是对她讲的。

她跟在若风后面,走到门口又回过头,张了张嘴巴却没有出声,那无声的7个字,好像是一句诗,她抠了抠脑袋,小声念道:"只愿君……"

"只愿君心似我心!"蜀诚拍了拍蜀亚的肩膀,"殿下,这可算是向你表白了啊!"

"没有,不是,我没有听见,我没有看懂,行不行?"蜀亚把蜀诚往外推着,"你也可以走了!快回去查东西去。慢走不送!"

蜀诚走到门口,也回过头,喊了一声"殿下",学着初雨的样子,张嘴无声地说了一句"此时无声胜有声",便离开了青竹斋。

蜀亚看着蜀诚的样子,鸡皮疙瘩落了一地。

他走到阳台上,路灯都亮了,将伙伴们的身影投影在地上。远方,第一颗星星孤独地闪耀在东边的天空。一曲《漠璃谣》飘荡在夜空。

第六章　中秋之夜非巧合
　　　　月圆时分盐竹丢

　　雪漠阁的小路上，过往的武者都亲切地跟刚刚回来的竹飞打招呼。竹飞对那些招呼敷衍着，却不小心与迎面奔跑而来的竹溪撞了个满怀。

　　"师哥，对不起，我有点急事。"竹溪连连道歉，还没等竹飞说什么，就又向院落门外跑去。

　　竹飞顺着她跑的方向望了一眼，念了一句"冒失鬼"，几步回到自己的房间，打开智博库，分析着盐竹丢失的始末。

　　太多太多的问题涌入脑海，一环一环紧扣在一起，像九连环游戏，解开一个，其他的问题就会迎刃而解。

　　本以为可以睡个好觉的蜀亚却再次被那个奇怪的梦境惊醒了。

　　梦境里，有个瘦弱的老者，不停地在呼救。蜀亚怎么也看不清他的脸，只听到他的声音喊着："孩子，救我，救我。"

　　蜀亚坐在床边，搜索遍大脑的每一个角落，始终没有找出那个声音属于谁。而这个梦，在无数个夜里，一次次地折磨着他。

　　起身洗了一把脸，赶走了梦魇。竹飞的信息提前到了，是一张画满了问号的分析图。

而最终，问题的关键还是落在了盐竹身上的雪盐文字上。

"还是等他们过来再说吧。"蜀亚叼着一块盐竹面包，悠闲地躺在了摇椅上，"只要有他们在，还怕搞不定吗？"

"殿下！有发现！"蜀诚大喊着，从门外闯了进来，那股从体内迸发而出的激动让他忘记了敲门。

蜀亚嘴里的面包，被这个不速之客吓得掉到了他圆滚滚的肚子上。

"殿下，这个，不好意思……我，太着急了。"

蜀亚拍拍衣服上的面包屑，直接用手擦了擦嘴："嗯，你说有发现？"

昨天晚上，蜀诚睡到半夜，蹑手蹑脚溜进了父亲整理史料的房间。把近15年的资料全部调出来，用搜索阅读的方式，在天快亮时才勉强看完。

的确，每一年都有盐竹消失。时间、地点、发现者都记载得清清楚楚，唯独蜀亚所说见到白光的第一年，没有盐竹消失。而最有价值的发现，莫过于不仅今年的盐竹是在中秋之夜失窃，去年是，前年是，15年来所有的盐竹都消失在中秋之夜。每年中秋，漠璃国都举国狂欢，庆祝中秋和太子的生日。这时，伺竹馆的熊猫会分成3拨轮换着去参加宴会，值守的熊猫只是平时的三分之二。

"也许，盗走盐竹的一方就是盯准了这个时间，趁虚而入。由此看来，对方是十分了解漠璃国的。"

蜀诚说完，停顿了片刻："殿下，中秋节最引人注目的是什么？"

"哈哈，难道，不是我和你吗？"蜀亚正试着将蜀诚的发现和竹飞的分析结合起来，嘴上开了一个玩笑。

"殿下，说真的，不开玩笑。"

"月亮？"蜀亚收起脸上的笑容，"你想说月亮？"

"看来，蜀诚跟我们心有灵犀啊！"若风从屋外走进来，"我们也想说月亮！"若风的身后，跟着的是上官如雷，初雨却不见身影。

蜀亚对若风和蜀诚说过，只要有需要，大家可以自行决定邀请必要的同伴加入。如雷大概就是若风的那个必要吧。

如雷打着哈欠，说他们兄妹3个一夜未睡，把伺竹馆传过来的记录和天象馆十几年的气象记录一一比对，对照万年历，发现盐竹都是在中秋节当夜丢失，如果下雨，丢失的量就小；如果是晴天，则丢得比较多。

"也许，我们该到月亮上去看看。这个，或多或少跟月亮有点儿关系吧。当年国王派武者上太空的目的，会不会也是月亮？"如雷挤挤眼睛，还好早晨把初雨支走了，否则准在这里反驳他。昨夜要不是若风坚持，初雨这个笨蛋是不会让他参与进来的。

"到月亮上去？会不会太贸然了？这些最多说明和中秋有关，并不是和月亮相关！"

如雷没有料到，反驳的声音会来自竹飞。

那件山青色的长衫伴着略微有些沙哑的嗓音出现在竹宁殿："我刚刚去了伺竹馆，拍了不同年份盐竹的照片，也许，我们能找出文字的奥妙。"

"那你就在这里看花纹吧。怪不得，竹岳能当将军，你却只是个护卫。"如雷出口不逊。

气氛突然就尴尬起来。蜀诚拍了拍如雷，说："虽然我也觉得那道光可能跟月亮有关，但竹飞说得有道理。太空的情况太复杂了，人类探索了多年，也只是冰山一角，这……"

若风点点头，也表示赞同竹飞的说法："不是不去，但不能操之过急。"

蜀诚连连点头，开着玩笑说："上官公子，我可还等着看嫦娥姐姐呢！"

蜀亚却推搡他一把："这事儿啊我得自己上，就不麻烦你了。再说，诚，你不是有喜欢的女孩子了吗？还惦记着嫦娥干嘛啊！诚啊，不要迷恋嫦娥，那只是个传说！"

迸发出的笑声缓解了刚才的尴尬，蜀亚长长地呼出一口气。

这时，屋外传来了脚步声。

"殿下，这有您的一封信。"蜀亚的侍从捧着一个粉红的信封，低着头小声说。

"不是不让你随便过来吗？"蜀亚皱了皱眉头，"行了，下不为例，给我吧。谁送来的？"

"他有点奇怪，戴着个斗笠，斗笠上还有黑纱，遮了脸，实在，实在看不清。"说完，他喏喏地低下了头。

蜀亚嗯了一声，挥了挥手，侍从便退出去了。若风探过头，那信封竟然与他今早收到的信封一模一样，虽然极力模仿成漠璃的通用信封，但被磨掉的四角星图案仍旧若隐若现。

"嘿，该不会是谁写给我的情书吧？"蜀亚慢悠悠地拆开信封，从里面摸出一张叠好的信笺，"我这么帅……"当信笺被展开，蜀亚脸上的笑容骤然就凝成了冰，他把信笺往桌子上一拍，"还敢威胁我！太嚣张了！简直太嚣张！"

蜀诚拿过信一看，只有16个字：盐竹之事，倘若再查，刀剑无眼，好自为之。

戴斗笠的熊猫。竹飞撑着下巴，他好像在哪里看到过这样的装扮,却一时想不起来。

"进入王宫却把脸遮住,分明是不想被我们认出来。要不要查一下门口的记录?"竹飞说道。

若风取下眼镜擦了擦镜片:"门口的记录查不到什么的。这么明目张胆地送来,他就确信我们查不出来。也许,就是宫内的谁呢?通用信封上有编号,有配额,他们万万是不敢用的。这个信封……"

"谁最不愿意我们查这件事?一定是偷走盐竹的小偷。这戴着斗笠的家伙一定与盐竹失窃有着千丝万缕的关系。"蜀诚揉揉太阳穴,打了一个哈欠。

"算了,算了。别以为这样就能吓到我。咱们还是来说说盐竹身上的文字或者飞船的事儿吧。"蜀亚把那封信揉成一团,直接扔进了垃圾桶。

蜀诚和竹飞对看了一眼,没有说话。

每双眼睛都盯着竹飞带来的照片,这些花纹,会是什么文字呢?

屋外又传来了脚步声。

"不是让你不要再过来了吗?"蜀亚听到脚步声,不耐烦地说。

"那我就告退了!"初雨的声音还是那么温柔。

"哎,别啊,刚才是……"蜀诚想要解释,却被蜀亚拦住了。

如雷接过话:"姐,你总算来了。气象分析报告出来了?"

初雨将一叠厚厚的纸甩到桌上,抓起桌上不知道谁的杯子喝了一口奶茶:"这些是数据分析报告,打印出来是为了看上去更直观。以前的星云图没办法再重新分析,不过我们调取了前几天的星云图,放大1200万倍,发现白光出现的时候,周围的云层变薄,利于白光通过。而这些白光射入地面之后,在短暂的几秒钟内有一个回缩的过程。我们猜测,正是这个过程,带走了盐竹。"

这一连串的话无疑是给了如雷理论上的支持,他摇晃着身子,脸上露出些许得意:"这下可以造飞船了吧?这下不贸然了吧?"

"你疯了?"初雨果然跳起来反驳他,"我们掌握的资料里很清楚地告诉你了,15年前,国王就派武者上去过,可是呢?到现在连影子都没有!你能不能别这样……"

若风按住还想说什么的如雷:"人类登月经历了数年,漠璃虽然有登月的计划,但这确实不是一件易事!至少,飞船就是一个难题。这么短的时间,恐怕……"

"当年科技院是谁研发的飞船?如果找到他,这个问题也许就不是问题了。"蜀诚看着若风,期待着若风能给他一个他想要的答案。

若风却像有心事,突然间恍了神。

"殿下,此事若可行,竹飞愿前去。太空的不确定因素太多,即使前期做足了准备,仍旧有失败的可能。但武者,不能退缩!"竹飞看着蜀亚,不假思索地说出这句话,眼神无比坚定,那是一个长期接受严格训练的漠璃武者的忠贞和真诚。

在漠璃国,武者便是军人,武者就是军队。

蜀亚怎会不知道登月的不确定性,可正是因为这样,他才不愿自己身边的伙伴去冒险。

"任何时候,除了国和家,没有什么比生命更重要。"他想起蜀纪的话,眼前却又浮现出梦境中那个模糊的身影。

要不要去?还是放弃? 15年前的武者,恐怕已是凶多吉少,还要再次冒险吗?盐竹,究竟承载着怎样的秘密?

蜀亚作不了决定,也不敢作决定。

他试着转移话题,向竹飞问起竹溪来:"那个竹溪,她也太个性了吧?我请她帮帮忙加入我们,她直接拒绝我了。在漠璃,还没有谁会放弃跟我并肩作战的机会吧?再怎么说,我也是太子啊,太不给面子了。"

竹飞笑着说:"竹溪挺随性的,殿下别介意。"

"估计她也没什么远大志向吧!"蜀诚附和了一句。

蜀亚点点头，又眯缝着眼睛看向蜀诚："咦，你和她什么时候……"

蜀诚被刚刚喝到嘴里的奶茶呛到，连咳了几声，有些尴尬地说："我就是猜猜而已。"

如雷却似是故意要挑起是非，又提起刚刚的话题："如果要上，谁去，确实是个问题。"

蜀诚刚要说话，竹飞却拦住了他："作为武者，我们的责任是保护国家和人民的安全！我去！"

"殿下，竹飞武功高强，心思缜密，在你身边能保护你，也能帮你出主意，你就，让我去看看嫦娥姐姐？"蜀诚试探着问。

"别作梦了！看什么嫦娥！一边儿待着去！"

见蜀亚依然犹豫不决，竹飞握住蜀亚的肩膀："殿下，论侦察力，在漠璃国我哥竹岳第一，我排第二，论武力，我也略输一筹，但论太空自救和生存，我是漠璃国模拟太空训练连续 5 年的第一，我去，比我们之中任何一个都合适。即使有什么万一，我也能够应付。"

确实，别说在他们 4 个里面没谁能够在侦察力、武力还有太空常识三方面超过竹飞，就算是在全漠璃国恐怕也很难找到这样全面发展的好少年。

"可是……"蜀亚迟迟作不了决定。

"可是,竹护卫,刀剑无眼!殿下需要你的保护!"蜀诚提醒竹飞那封神秘信件上的文字。

"王宫内有武者巡逻,想要伤害殿下没有那么容易。更何况以你和若风的武功,谁还能伤害到殿下吗?就算是竹子焕,也不用担心,若风的武功并不在他之下;另外,我哥也回来了。"

"其实,蜀诚去也挺合适的啊。他可是大宋第一聪明人包拯转世啊,看看他那个月亮,还有他故意染黑的绒毛。喏,黑炭头!"如雷摸摸下巴,看着蜀诚连连点头。

初雨狠狠瞪了如雷一眼:"你能闭嘴吗?支走蜀诚对你有什么好处?!"

房间里突然就嘈杂起来,竹飞和蜀诚争着去承担飞行任务;初雨和如雷又吵起来……若风却一直沉默着,满脸心事。

蜀亚从背上抽出长笛,吹起了他新写的歌曲《诗》。房间才在笛声的安抚下,慢慢安静下来。

"我们还是先搞清楚盐竹身上的文字吧。"若风淡淡地说,"如果真的要上月亮,也许,竹飞确实比蜀诚合适。殿下,你觉得呢?"

蜀亚默默地点了点头。于公,竹飞是武者;于私,他实在舍不得蜀诚。

"那我们就同时进行吧,一组看文字,一组造飞船。"如雷总算说了句还算得体的话。初雨却不明白,他为什么一直坚持要去那里。

大家离开青竹斋的时候,下午还阳光灿烂的天空却被乌云遮住了光彩,变得灰暗、低矮。蜀亚站在阳台上,那几个熟悉的影子在昏暗的天空下慢慢消失,他吹起了《送别》。

第七章　银装素裹阻飞船
　　　　老将出马解忧难

　　乌云遮盖了雪漠峰的山顶，隐藏了天上调皮的星星。

　　漠璃国的每一条街道路灯都提前亮了起来。各个院落里，也陆陆续续亮起温馨的灯光。

　　科技院的灯，也早早亮了。若风顾不上吃晚饭，走进院子便转身进了存书阁。制造飞船的重任，压在他和如雷的肩上。

　　从小就喜欢看书的若风，待得最多的地方不是卧室而是存书阁。上官家族的存书阁，谁也说不清有多少藏书，也许仅仅比漠璃图书馆少，也许比漠璃图书馆还要多。

　　存书阁常年恒温在18℃。若风穿着单薄的衣裳，却也对室外突降的气温毫无察觉。

　　不知道过了多久，肚子开始发出严重抗议，若风才从存书阁出来。夜的黑已经笼罩了漠璃国。放肆的冷空气扑面而来，若风敏感的呼吸道被这寒冷刺激得打了一个喷嚏。

　　"哥哥，你怎么这么晚才出来啊？"初雨听到屋外有声音，从窗口探出头看到若风，便推开门从自己房间走了出来，肩上披着一块红白格子的棉披肩，"我等你好久了。"

　　夜里的科技院十分安静，初雨站在房间门前，隔着院子，看着自己的哥哥。

"等我有事啊？快回房间去，别冻坏了。如雷那个家伙，说困得不得了。我一个人查资料到现在。你也快休息。"若风一边说，一边穿过院子，来到初雨房间门口，"有事也等明天再说。这气温降得，快去睡觉了。"容不得初雨再说半个字，他就把初雨推进了房间，关上门，转身走进了隔壁自己的房间。

如雷听见屋外的动静，刚想出来，就听到了初雨的声音。一个小时前，如雷便借口太困回到了房间。他把窗户开了一条小缝，看若风关上了门，自己却睡不着了。

若风在灯下画着图纸，这是他第一次自己独立设计飞船。图纸上，一艘飞船外形流畅，色彩明丽，参照了上官泓去年设计研发的翠竹9号，却比翠竹9号配置了更先进的减震避震系统；内部增加了舒适的沙发舱，预备了三套通讯系统，其中一套是微型可移动设备。

若风伸伸懒腰，看着窗外渐浓的夜雾，拢起手哈了一口气，画了几个小时的设计图，手竟然有点僵了。

"明天，让如雷看看，还有没有什么改进。"若风自言自语道。嘴角上扬的笑意透露着他对作品的满意。再看电子图纸右下角的时间，天快要亮了。

若风趴在桌前睡了一会儿，醒来时，窗外已经白雪一片。

那天夜里，来自北方的冷空气翻过琉璃山，突袭了漠璃国。终于在凌晨时分，天空中聚集的冷气为漠璃国送来一场比以往时候来得更早一些的大雪，毫不矜持地向熊猫们宣示着冬的到来。

若风站在门口的回廊上，望着大片大片的雪花发呆。院子里，早早就从雪漠阁过来的竹溪，和初雨跟几只小熊猫在一起打雪仗，传来一阵阵欢乐的笑声。

"若风哥哥，你也来呀！"竹溪看到站在回廊上的若风，朝他挥了挥右手，却被初雨的一个雪球砸中了脑袋。竹溪摸摸后脑，冲初雨做了一个鬼脸，"你看招！"

若风摇了摇头，依旧面无表情，转身又走进了存书阁。身后，是初雨连连求饶的声音。

存书阁的门口，若风将自己的掌纹印在了墙上的掌纹分析器上，六边形的门缓缓打开，走进去，他的专用阅读屏就从上方通过一只机器手递给了他，上面根据他的阅读习惯展示着藏书分类。

存书阁是蜀亚的太祖父作为赏赐为上官家族修建的，除了先进智能的科技，还隐藏了许多秘密，或许连若风也未曾知道。

5年前，存书阁启用了上官泓研发的隔音技术，无论室外声音多大，传到室内均会被降至30分贝以下，的确是个看书的好地方。

他推开机器手，径直走到了最里边。那里存放着若干年前的木皮书和纸质书。这时他却什么也看不清楚，眼镜上腾起的雾气模糊了他的视线。

突降的大雪让若风一夜的辛苦付诸东流——以箭竹为材料的飞船，在这样的雪天里，根本没办法发射！

若风苦恼极了。雪不停地下着，初雨在天象馆看着一团一团的冷空气，只剩一声叹息。

若风在书架前来回走着，脚下却触碰到一小块潮湿。自己在进来之前脱下了外套和鞋子，不可能弄湿地面，而且这块潮湿看起来也不是刚印上去的。谁来过？

他趴在地上，细细地看起这团潮湿来，却瞟到书架的最底部有一个竹筒。

他有些好奇，伸出手又缩回来。父亲曾对他说过：好奇害死猫，对待未知的事物，既要保持好奇心，也要保持敬畏之心。可那竹筒仿佛有着神奇的力量，不断拨弄着他的心。当好奇心战胜敬畏之心，他的手伸向了竹筒。

竹筒所在的地方没有压过的痕迹，难道这竹筒是刚刚放在那里的？打开看看再说！

抽出竹筒中的木皮卷轴，慢慢地展开，心随着手上的动作打着鼓点儿，只一眼就惊住了。

木皮纸的右上角写着：漠璃 X 任务飞船设计图。

若风将图上的每一根线条，每一个文字看得仔仔细细。可是翻来覆去看了两天，关于飞船的记录不超过 100 个字。除了知道图上这艘飞船是采用盐竹做材料，能在高温和低温的环境下正常起飞，是为执行 X 任务专门研制以外，再也找不到其他的信息。

图纸上蓝色的线条早已渗入了木皮，有的线条在岁月的流逝中变得有些模糊，看上去已经有些年头了。

"世人笑我太疯癫，我笑他人看不穿……"熊 phone99 不合时宜地响了起来，蜀亚说有急事找他。

若风将卷轴放进竹筒，背在身上，没走几步，又退了回来。那块潮湿是怎么回事？他又打开卷轴看了一遍图纸，然后将一切放回原位，就像从来没有动过一样。

路过院子的时候，竹溪将手里刚刚搓好的雪球扔向若风，雪球在若风的背上散开来，绽放成一朵晶莹的花。

"风哥哥，你要走吗？"

若风回头瞥了她一眼，点点头，几步就出了院门，飞速奔向王宫。

王宫的翠竹房顶已经被白雪覆盖,墨绿的青竹小路上,若风刚刚留下的脚印,眨眼间就消失在雪地之中,纷纷扬扬的雪花在空中跳出曼妙的舞姿,整个漠璃王国都被大雪包裹着。

从凌晨就开始忙碌的扫雪车,在路上移动着,车头闪着微微的红光,和蜀亚房间恒温器的灯光一样。

蜀亚站在窗前。房间的东南角是一抹青翠,那是最新的室内恒温器,最下角闪着微微的红色灯光,上面显示着18℃。蜀亚的眉头拧成一团,满脸愁容。

对盐竹身上的花纹的研究没有明显突破,突袭的冷空气也让他不安,他期待着若风带来希望。

"殿下,若风公子来了。"蜀诚话音未落,若风已推门而入,拉开头上的帽子,抖了抖身上的雪花,三步并作两步走到房间中间的圆桌前,一边脱下那件浅咖色的外套,一边说,"雪太大,阻碍视线,温度太低,达不到着火点,无法发射。"他依旧面无表情,取下眼镜擦了擦刚刚冒起的雾气。

蜀亚看着越下越大的雪,安慰道:"若风表哥,不着急。想想别的办法。"

"这是盐竹飞船的结构图。或许,这是我们唯一的希望。"若风打开自己的随身智博库,一幅清晰的结构图出现在屏幕上。

"盐竹飞船？"蜀亚疑惑地看着若风,"用盐竹来做飞船？"他敲了敲桌子,像是自言自语,"有先例吗？哪年的飞船是？"

蜀诚摸摸眉间的月牙:"15年前那次飞行,好像就是盐竹飞船……"

他在大脑里搜索这些年从父亲那里听来的零碎的信息,想要把它们拼成一条完整的线索。可是,他的脑袋像是卡了壳,在停下脚步的时候,头脑里像窗外的雪一样白。

蜀亚抠了抠脑袋:"能确定吗？"

蜀诚摇摇头。

"查！"若风说着,对着自己的手掌哈出一团热气。

蜀亚伸出右手按了按数字"9",书桌正中便升起来一块薄如纸片的屏幕。

"小亚,请查询有关漠璃X任务的所有资料。"蜀亚对着屏幕下了指令。

几秒钟的时间,屏幕上就显示"搜索完毕,未查找到任何相关信息"。

"小亚,查一下盐竹飞船。"蜀诚接着下了指令。只要发生过的事,都会留下它的痕迹,历史,就是要让这些痕迹最真实地展现在世界眼前。

父亲常说：作为史官，要比其他人更尊重历史，不能少记一笔，也不能多添一画。一字一句都无比严谨的轩辕颂迁，绝不会犯下漏记的错误。除非，是被设置了隐藏。

漠璃国的智博库，如同一个大大的信息库，根据使用者的年龄、工作、地位等自动匹配资料所见权限，严格控制着未成年的孩子们接触到限制级信息。

"盐竹飞船，元宙2605年，由科技院教授上官泓研制。比第一代的青竹飞船和第二代的翠竹飞船，具有更大的动力，发射温度为零下10℃至零上30℃。整体采用50年生盐竹，不惧风雪和冰冻……"

蜀亚正看得热血沸腾，心说，这下有希望了。最后一行字却排着整齐的队列走进了他的双眼：元宙2605年，漠璃首架盐竹飞船发射，命名璃飞1号，承载时任武卫大臣竹子峥，进入太空，失联，未归。至今未探寻到璃飞1号的任何痕迹。

刚刚燃起希望的胸口，瞬间又被失望填满。

他搓了搓脸，长叹了一口气："失联！当年找盐竹的武者也是失联……时间和事件都能对得上。既然是舅舅研发的飞船，若风表哥，这事……"

若风点点头，披上外套，一头扎进纷飞的雪花中，飞船的问题应该很快就能解决吧。

忐忑着敲开了父亲书房的门,浓浓的书香味扑面而来。

"终于肯来找我了?"上官泓正在看书,头也不抬地说。

"父亲,我想,那个……"

"风啊,过来,坐。"上官泓放下书,按了一杯竹咖,推到了书桌的对面。

若风在椅子前犹豫了一会儿,还是坐了下去。这次去锦官城执行任务时,他犯了一个错误。为此,和父亲吵了一架。

虽然他早就想来找父亲道歉,却总是在举起手敲门时打了退堂鼓。

"父亲,之前,对不起!"

上官泓调了调台灯的光线,整个书房洒满了暖暖的光。他并没有接过"对不起"这三个字,而是用一个微笑代替了所有。

"你最近跟太子很忙啊?"

"父亲,您知道了?我跟太子……"

"盐竹,是吗?"

"父亲,您……"

上官泓抬起头,一滴泪从脸颊滴落,在书页上浸润开来。

"说实话,直到今天,我都没有查出盐竹飞船的致命缺陷。"

"父亲,你知道我想问这个?"

"知子莫若父。那天晚上,你从存书阁出来,又熬夜画图纸……那份图纸,你以为那么凑巧让你捡到?"

若风恍然大悟,原来那块潮湿是父亲带进去的。"谢谢您!"若风满是感激,又试探着问了一句,"父亲,X任务是找盐竹吗?"

上官泓点点头,扶着扶手站起来,做了下伸展,缓缓走到门口:"跟我来,我带你去一个地方。"

雪自顾自地下着,若风跟着父亲穿过长长的回廊,又来到了存书阁。

上官泓输入了一排32位的密码,又通过了视网膜和掌纹验证,地板上打开了一扇门。若风看了一眼父亲,半天说不出一个字。作为上官家族的长子,他从来不知道,在存书阁内,居然还隐藏着这样的机关。

他跟在父亲身后,那曲曲折折的竹楼梯,一直延伸到一片空地。脚下每走一步,便响起幽幽的回声。"咔"一声,灯亮了,刺得若风睁不开眼,待眼睛适应那光线之后,一艘线条流畅的飞船伸展着身体等待着他的飞行员,安安静静却又跃跃欲试。

安全球的硅玻慢慢升起,将这里隔离成一个安静且安全的世界。

"这就是盐竹飞船。当年,第一次用盐竹来造飞船,确实也担心出意外,跟国王商量之后,造了两艘,是一模一样的两艘:成功了,就在此基础上再改进;失败了,就查找问题……"

"父亲,您的意思是竹子峥失联跟飞船有关?"

上官泓沉默了一会儿又摇摇头缓缓地说:"可是,这十几年来,我没有找出问题到底出在哪里。"

若风抚摸着飞船表面,已被打磨得光滑,并涂上了明快的色彩。心里暗暗佩服父亲在多年前就制造出这样的飞船。

上官泓打开舱门:"来,我们进来说。顺便啊,你帮我看看,飞船的设计到底有没有问题。这几年,我一有空就进来看……"

带着疑惑和兴奋,若风随父亲进入了盐竹飞船。

从里面出来的时候,父子俩都满面春风,丝毫没有受到大雪的影响。

也许你还在担心父母为你之前的错误而生气,可他们早已忘却了你的"不懂事",一如既往牵挂着你,竭尽所能帮助你解决一个个难题。若风为父亲关上卧房的房门,自己却悄悄地去赴一个神秘的约会。

"上善若水"茶楼,从上官若风走进去的那一刻起,他们的调查之路就开始变得更加的艰辛。而蜀亚和蜀诚也因此而陷入漩涡。

第八章　初入太空飞遇险
　　　　大难无恙报平安

盐竹上的花纹依旧没有新的进展,而距离国王的 30 日期限却越来越近。

终于,那艘沉睡了十几年的盐竹飞船要出发了！若风和如雷拿着太空飞行器专用检测仪,将飞船里里外外检查了不下 10 遍,上官泓抚摸着他最为骄傲的作品,期望着一切顺利！

存书阁密室的另一端连接着琉璃山。琉璃山外,是漠璃国的发射中心。飞船已经升到地面,等待发射那一刻。"英雄号"终于要去履行自己的使命了。

傍晚时分,飘飘洒洒数天的雪花终于停了。久违的月亮又挂在了雪漠峰的山巅。

竹飞站在"英雄号"前,与他的伙伴们拥抱告别。

"竹飞,我可还没有跟男的抱这么紧过。你可一定要平安回来,对我负责呀！"蜀亚扶着竹飞的肩膀,脸上始终带着笑,"兄弟,谢谢！"

竹飞点点头,又靠近蜀亚:"殿下,我走之后,如果有需要,可以去找……盐竹身上的花纹,别放弃！"然后,他对大家笑着挥了挥手,在夜幕中登上了那艘已经沉默了 19 年的飞船。

"10，9，8，7，6，5，4，3，2，1，发射！"若风倒数10秒，"英雄号"冲上天空，朝着月亮的方向慢慢远去。

蜀亚转过身，眼泪倏地流了出来。他抽出随身的长笛，为竹飞吹起一首《送别》。伙伴们轻轻和着笛声，唱了起来：

"雪还在飘，朦胧双眼了；风也在啸，从此只寂寥。你背上行囊也带上希望，要一个人走完以后的路和以后的桥。兄弟要勇敢，兄弟也不要彷徨；聚散别离会是今后生命的主角。不怕失败，也不怕前方路遥遥；我们祝你永远顺风，没有苦恼。"

而蜀亚脑中却回响着竹飞说的那个名字。那个名字虽然拒绝了他，却在他的心里投下了一枚石子，泛起涟漪，从心底最深最深的地方，一圈一圈扩散开来。

透过舷窗，竹飞望向他憧憬多年的神秘的未知世界：云朵、星星，还有不知名状的物体，都从他身边一一掠过，自己，乃至漠璃国，在这浩渺的天宇中，只不过是一粒小小的尘埃，那么微小，那么微小。世事繁杂，终是尘埃。

"竹飞，英雄号即将抵达月球，请回答。"若风在漠璃国的指挥中心注视着英雄号的轨迹。

"竹飞明白，正准备着陆。"透过显微望远镜的镜头，竹飞看到了那个满是环形山，坑坑洼洼的星球。那上面，是不是只能看到万里长城呢？还会不会有其他奇异的精彩？竹飞的兴奋还未传送到末梢神经，就被一阵剧烈的晃动切断。

飞船像是受到外力的作用，东摇西摆，无论竹飞按下控制台上的哪一个按键，都控制不住飞船的行进轨迹了。

"英雄号失去控制，英雄号失去控制！"竹飞向指挥中心发出了信息，并启动了备用通信系统。

若风也注意到了英雄号的轨迹有所偏离，收到竹飞信息的时候，他的心都快跳出来了。他站起来，双眼紧紧盯着屏幕，恨不得用自己的双手去拉回正在远离既定轨道的飞船，喉咙里迸发出撕裂的声音："竹飞，竹飞！"

却没有了任何声音。

若风的声音惊醒了在旁边休息的如雷："英雄号偏离轨道了！"若风一脸的哀伤和沮丧，十多年前熊猫失联的事件又浮现在脑海。

"什么？"如雷从椅子上跳起来，整个身体都趴在了接收屏幕上，"他去哪儿了？有回音吗？"

若风摇摇头，紧握的拳头打在了桌子上。他最担心的事，还是发生了。

强烈的颠簸把竹飞重重地抛起来，撞在舱壁上。高度的紧张和猛烈的撞击让竹飞失去了意识。

指挥中心乱成了一团。熊猫们都眉头紧锁，盯着那块已经没有任何有效信息的屏幕,盼望着上面能再次出现英雄号的影子。

"还是出问题了。"蜀亚低声说,"也许,我真的是一个最最没用的太子。该我去的,该我去的。"蜀诚拍了拍他的肩膀,也沉默了。

若风和如雷反复核查飞船的各项数据,却没有发现任何问题。

"殿下,也许……我们能确定,飞船还是完好的,只是通讯,暂时……"

"完好的?通讯暂时?若风表哥,那是我们的兄弟啊,我虽然什么也不懂,但我一开始就害怕这盐竹飞船出问题,15年前是,现在还是!而且,而且还都是雪漠阁的武者……你们科技院能不能做出一架让人省心的飞船?哎……我……"

"蜀亚!"如雷直呼其名,"你别以为你是太子就了不起啊!飞船的事你懂吗?上了天多少未知因素你又知道吗?说你不学无术,还真是没错!要不是我哥,我才不来这里受这份罪!你说我们不行,你行你上啊!竹飞如果真出事儿,最难受的是我哥!谁都可以说我们科技院不行,就你,不可以!"如雷从小就这样个性十足,棱角分明,可这样当众骂太子,实在是有些莽撞了。

若风伸手去拉他,他却一跃跳上了椅子,瞪着蜀亚,呼哧呼哧喘着粗气。

"如雷,闭嘴!"若风呵斥了一声。

"哥——"

如雷看了一眼一直没有吭声的初雨,想要找到支援,可最后只能怏怏地跳下来,坐在椅子上。

蜀亚踢翻了自己的椅子,青紫色的长袍随着他身体的晃动而飘动着:"是啊,我不懂!我什么都不懂!我不就是一个不学无术,什么都不懂的烂熊猫嘛!没什么了不起的!贯耳,只要你能让竹飞回来,我给你磕头都行!"

"我们能做的,只有等待……"若风说完,回到屏幕前坐下,盯着那片黑色发呆。

整个控制中心,就这样安静下来,蜀诚听到自己心脏跳动的声音,扑通扑通。

蜀亚倚在窗台上,吹起了《思念》。蜀诚知道那首歌词:你到了哪里,为何没有了你的消息。是什么让我们分离,谁说朋友之间的思念不会这样浓郁……

那晚,笛声一直响着,直到模糊了他的双眼。

眼前的东西从模糊渐渐变得清晰起来,竹飞躺在一张温暖柔软的床上睁开了眼睛。

一只穿着粉红色格子裙的熊猫坐在床边:"谢天谢地,你终于醒了!还有哪里不舒服吗?"

"我,我回来了吗?这是哪里?"

"回来?这是我家啊。天呐,你睡了快48个小时,是不是糊涂了?我叫竹梦,你叫什么?"这个自称竹梦的熊猫剥开一根竹笋递给竹飞,竹飞摇摇头:"我不饿。"

竹梦咬了一口竹笋,"好吧。那你是谁?怎么会落到我的花园里?"

"哦,对,对不起。我叫竹……我叫墨飞。是你救了我吗?"竹飞一边说,一边从床上坐起来,"不好意思,我得走了,谢谢你!不过,你有没有看到我的……船?"

"当然有看到。"竹梦啃了一口竹笋,"我在里面找到你的呢!"

"那,他现在在哪里?"

"在外面咯,砸坏了我的花园。你得赔我!"

"对不起,对不起!没有砸到你吧?砸坏你的花园真是对不起。"竹飞起身就要走,却被竹梦拉住了。

"等等,你是要去看船吗?我带你去好了,不过,你必须告诉我这船是怎么来的。不然,我让我父亲抓你!"说着,竹梦张开手掌做了一个"抓"的手势。

竹飞心说，抓我可没那么容易，冒充竹氏熊猫却不认识我，我还要抓你呢。竹氏家族里从来没有一个叫什么竹梦的，眼前这个冒牌货，到底是干什么的？竹飞思索片刻，对着竹梦点了点头。

英雄号安静地停在竹梦的花园里，居然没有一丝破损，反而因为粘上了花瓣，让这一艘阳刚的飞船透出一丝妩媚。

竹飞打开舱门，将若风为他准备的微型通信系统找出来，悄悄按下了"连接"键，趁着竹梦不注意，把耳机藏进了耳朵里。

"那，你看到了，这就是我的船。不过今天，出了一点意外，可能是没有燃料了，才失去控制砸到你的花园，对不起。"

竹梦看着竹飞，眼睛滴溜溜一转："我把你从里面拖出来，这里面我可都看过了，但是我从不知道星月城还有这种船啊。倒是我听过的童话故事里，有一种船，跟你这个好像很像呢。嗯，说吧，你到底是干什么的？"

星月城？原来这个地方叫星月城。竹飞从未听闻过这个地方，他确定自己已经远离了漠璃国，却不能确定自己是回到了地球还是落到了太空的某一个地方。

"嘘——"竹飞轻轻拉过竹梦，在她的耳边故作玄虚地说，"我在执行一个秘密任务，我这会儿还得去跟我们头儿汇报呢。"

见竹梦不太相信，竹飞从舱内摸出一盒盐竹脆："看，跟你说实话还不信,这个,你尝尝,保准儿你没有吃过,这就是头儿私下赏给我的。"

竹梦犹疑着,伸出手去接,手指刚刚碰到那盒子,又缩了回来。

"咳,你怕有毒?"竹飞随手吃掉盒子里的一块,递给竹梦,"这下,没问题了吧?"

竹梦笑得很尴尬,却大方地接过了竹飞手中的盒子,然后小心翼翼地取出一块,睁大了眼睛盯着竹飞,缓缓地将盐竹脆放入嘴中,一阵清香就从她的口中散发出来。

"我还真的没有吃过这种东西呢。味道不错。"

"那送给你了。我要走了。我的船可不可以先停你这里?"英雄号短时间内自己是弄不走了,只能放在这里。

"嗯,好吧,不过,我可不保证我父亲也能允许它停在我的花园里。"竹梦又吃了一块盐竹脆,眨巴着眼睛说。

竹飞笑着说:"那我的船能在这里放多久?"

"3天吧。我父亲晚上回来得晚,周末的白天才会在家,今天星期三,他这几天都不会看见它的。"

竹飞谢过竹梦,独自走上了街道。店铺里、商场中,来来往往的都是熊猫,黑白相间的绒毛,憨憨的外表,圆滚滚的身体。一切都陌生却熟悉,连他们谈话的语言,都跟他别无二致。

他走进一间咖啡馆,坐在角落,随手拿起旁边的书,摆在面前,装出看书的样子,眼睛却盯着落地窗外面的街道,耳朵留意着耳机的声音和其他熊猫的对话,却没有注意到,咖啡馆的墙上,贴着一张与他极为相似的照片。

一个穿着黄色的衬衣,打着红色领结的服务生,脸上堆满了笑朝着竹飞走过来:"先生,您要喝点什么?"

竹飞这才想起自己身上没有钱,更不知道这里用什么货币,只得尴尬地笑了笑:"暂时不用了,一会儿我的朋友来了再点吧。"

服务生点了点头,走开了。一股香气却飘进了竹飞的鼻子,那是精磨小咖啡豆的香味,竹飞仿佛都听到了咖啡在壶里煮得咕噜咕噜的声音,听到了煮熟的咖啡,一滴一滴漏在杯子里的滴答声。同时,他还真正地听到了一个声音,来自他肚子的咕咕声。

他饿了。

他站起来,走过门口的吧台,上面摆着免费的小面包,他很优雅地拿了一小块,然后走出了咖啡馆。

顺着公路上的指示牌,竹飞很快就找到了星月城城堡——星月堡。

城堡并不是很大，外形是一只熊猫，两只手上分别捧着星星和月亮。

竹飞装作不经意地靠近城堡，全神贯注观察着城堡的状况。他没有留意到，在他靠近城堡的同时，身后一只熊猫也在慢慢地靠近他。

"竹飞，竹飞，能听见吗？我是蜀亚！"竹飞的耳机里，蜀亚急切的声音振动着他的鼓膜。

与蜀亚他们突然之间恢复的连线，让竹飞欣喜若狂，但街道也许并不是讲话的好地方。他低声回答道：7268 5461 7619 2246。

蜀亚把这串数字记了下来："你们来看，这是什么意思？"

蜀诚摇了摇头："像是什么密码，我本以为是汉字的四角码，可是我试了试，解不开。"

"这是雪漠阁的bamboo密码，只有雪漠阁的武者才知道。"若风想起曾经听师父说起过bamboo密码，用于武者在行军作战时的沟通，"而且，只有做通讯的武者才知道。"

"竹溪。竹飞出发之前，跟我说过，有需要的时候，去找竹溪。可是，她之前拒绝了我的邀请。"

"也许，竹飞比你管用！"初雨用熊phone99呼叫了竹溪。

竹溪是雪漠阁为数不多的女武者，眼睛虽然不大却像溪水一般灵动。竹飞的父亲曾评价竹溪是雪漠阁最有灵气的武者。

一袭蓝衣的竹溪几分钟后就出现在了指挥中心，5秒钟不到，她就译出了这串数字：飞平安，星月城，竹梦，熊猫，无线索。

"怎么讲？"蜀亚自言自语，又像是在问竹溪，"是说竹飞平安，现在星月城，有熊猫，有竹梦，没有线索。"

"看来，殿下也并不像传说中的那样不学无术啊。"竹溪面无表情地说道，"师哥走之前，跟我说过，如果殿下来找我，我必须无条件听从指挥。殿下，还有什么指示？"

"这是什么意思？"蜀亚抠抠脑袋，"竹梦是谁？雪漠阁的吗？"

"殿下，我只负责翻译，可不负责理解啊！我能肯定的是雪漠阁没有竹梦。还有问题吗？"

"有，当然有。我去雪漠阁找你的时候，你为什么不加入我们？难道我说的话还不如竹飞管用吗？"蜀亚佯装生气，瞪着竹溪。

"殿下，你找竹溪，是希望竹溪以朋友或者同学的角度加入，竹溪当然可以拒绝。但师哥交代，如是军令，竹溪不得违抗！"

若风带头为竹溪鼓起了掌："果然是武者，训练有素！"

"竹溪,你就留在指挥中心,随时跟竹飞保持联系。"蜀亚呼了一口气,"竹飞平安,我就放心了。"

说罢,他转向若风:"若风表哥,我……之前……"

若风笑笑,拍了一下他的肩膀,转身走开了。他又转向如雷,刚刚张嘴想说什么,如雷却别过脸去,装作没有看到他:"以后啊,不懂的事儿,就少说两句,有说话的工夫,怎么不多看点书,学习学习。"

蜀亚颇有些尴尬,叫上蜀诚,离开指挥中心:"我得好好去轻松一下,紧张死我了。"

"殿下,你还是看点儿书吧。"蜀诚劝道。

蜀亚摇摇头:"春天不是读书天,夏日炎炎好睡眠,秋来蚊虫多又咬,盖上棉被待明年!"

第九章　星月堡外又遇险
　　　　狱内受刑遇轩辕

　　竹飞绕着星月堡转了一圈，发现星月堡只有一个大门和一个常闭的后门用于出入。这样的构造，潜入并不是难事。

　　正当他准备离开再打听点消息时，星月堡内突然冲出两只拿着长矛的熊猫，拦住了他。

　　居然还在用长矛，这么落后。他不禁笑了笑。

　　一只穿着燕尾服的熊猫跟在后面："在城堡门前，鬼鬼祟祟，准是没安好心。说，你是干什么的？"

　　"我，我就是路过，真的，只是路过而已。"竹飞解释道。

　　"是他吗？"燕尾服熊猫指着竹飞，眼睛看向了城堡前面的大树。

　　大树下，一只穿着黄色衬衣的熊猫站在那里，不住地点头。

　　竹飞冷笑一声，原来是他！咖啡馆的服务生。

　　"我们接到举报，现在怀疑你与一起恶意伤害案有关。你可以不说，但是你所说的一切，将会成为呈堂证供！"燕尾服对竹飞说。

　　"这是要抓我吗？"竹飞瞪着燕尾服。

　　燕尾服冷笑一声："监狱会给你答案！"

监狱？！不经过审理，直接去监狱？也真是够讲理的。不过任何地方的监狱大概都是一个鱼龙混杂的地方吧，也许能探到一些意想不到的消息。

想到这里，竹飞点点头："我就是一个守法的公民。不过，我配合你们的调查。"

一直跟踪着竹飞的那只熊猫，从街角走出来，拍了拍黄衬衣熊猫的肩膀："干得不错，下次再看到谁形迹可疑，记得打我的电话。"说完，从衣兜里掏出一沓纸币，递给黄衬衣，"这是你的奖励。"

竹飞被关进了一间除了门只有墙的房间，阴冷而潮湿。

凭竹飞的武功，打破这扇门是轻而易举的事，但他并不想这么做——他要探听到更多的消息。

他静静地坐在房间里，听着附近的声音。

可是，除了自己的呼吸声，什么也没有。安安静静，冷冷清清。

有那么一个时刻，竹飞甚至以为，这里是殓尸房。

黑暗的空间，静谧的空气，那股从未有过的恐惧，不由分说就侵袭了他的身体。他悄悄地对着通讯器，小声说着"7268……"可那边却没有一丝声音，信号不知道在什么时候中断了。

竹飞躺在地上，有些冰凉。

还好，来的不是太子。竹飞苦笑着，这样的条件，别说太子了，就是蜀诚也不一定受得了。

竹飞这样想着，记忆回到了10年前。

那天，他偷偷溜出雪漠阁去玩，在市集上被竹子焕发现，逮住他就是一阵乱打。他越是求饶，竹子焕越是打得厉害，竹飞都皮开肉绽了却仍不罢手。

正好太子路过，替他求情，才让他免遭责罚。

时光流逝，太子恐怕早已不记得那些小事了。

漠璃国的国训里说"滴水之恩，涌泉相报"。此次出行，就当是报恩吧，更何况，作为武者，这也是自己的责任。

躺在冰凉的地面上，也不知道过了多久，他昏昏沉沉地睡着了。

一束强烈的光从房顶射了下来，不知道是谁，打开了房间的灯，在黑暗中待了许久的竹飞，被这光束唤醒。他用手遮挡着光来的方向，眨了好几下眼睛，才勉强眯缝着双眼，看看周围———一样，什么也没有。

"9527，出来！"

9527？是叫我吗？竹飞恍然想起，自己已经是星月城的一名重点疑犯了。

门口传来开锁的声音,一只熊猫拿着长矛站在门口,扔给他一件蓝色的衣服:"9527,过来,吃饭了。还有,把衣服换上。"

竹飞走到门口,换上了那件印着9527的衣服,想起那场看过的电影,自嘲地笑了笑。9527至少还有秋香,而自己,连石榴也没有。

"跟我走!"

竹飞跟在长矛熊猫的后面,来到了一间玻璃屋,屋外其他的熊猫穿着印有编号的衣服,正端着餐盘,吃着竹笋。

"我,为什么在这里?我跟他们不一样吗?"

"废什么话?吃饭!"

竹飞坐在玻璃屋内唯一的凳子上,看着那一盘绿色的竹子,叹了一口气。本想进来打听一些消息,可是,他被完完全全地隔离起来,什么也打听不到。

他慢吞吞地吃着竹子,尽可能把时间拉长,他可不想再回到那个像殓尸房一样的地方了。

"吃快一点,我们星辰使要提审你!"燕尾服不知道什么时候来到了玻璃屋,站在竹飞的面前,面无表情,只是嘴巴一动一动,发出那奇怪的声音。

与其被关在这里接触不到其他的熊猫,倒不如出去找竹梦。

竹飞把盘子一掀，还没有吃完的竹子，都飞到了燕尾服的脸上。竹飞跳过桌子，伸手去开玻璃屋的门，12把长矛挡住了他。此时，整个监区响起了刺耳的警报声。

十几只熊猫带着长矛冲了过来，竹飞武功再高，赤手空拳怎么也抵不过那几十把长矛锋利的矛头。

那些正在用餐的熊猫们才注意到，这只新来的熊猫招惹了他们的警卫长。

熊猫群里一个声音喊起来："警卫长，把他扔过来，我们会招呼他的！"

燕尾服对着那些守卫点了点头，竹飞就被扔到了那一片蓝色当中。编号9222的熊猫靠近他小声说："别怕，我们不会伤害你。"

竹飞点点头，满是感激。

"你得趴在地上，我们不会真的打你，配合一下。"9222继续说。

竹飞只有选择相信他，趴到了地上。熊猫们涌过来，一拳一拳，一脚一脚，竹飞"嗷嗷"地叫喊着。

"好了，好了，活动时间！"燕尾服打开了扬声器喊道。

熊猫们散开去，竹飞蜷缩在地上，好一会儿，才假装挣扎着站起来。他朝玻璃屋瞥了一眼，燕尾服已经离开。他走向9222,轻声说了一句谢谢。

熊猫们又围过来:"刚才没有打到你吧?"

"有没有谁碰到你了?"

"没有,没有,谢谢大家。"竹飞感激地向熊猫们道谢。

"不用谢我们。我们只想知道,你是怎么进来的。"9222说道。

"别提了,我就在星月堡外边,多看了几眼,就被抓进来了,说我恶意伤害。"

"不新鲜,他们几个都是!"9222指了指旁边的几只熊猫,编号分别是9526、9525、9524。

这3只熊猫无可奈何地笑了笑:"而且,我们3个都是在两天前被抓进来的。"

竹飞回应他们一个笑容,却开始担心他和竹梦约定的3天期限就要到了,他的飞船说不定很快就要曝光。

他想出去,可这里似乎就是一个密闭的空间,头顶是玻璃屋顶,只能够看见外面的天空。四周的墙上,同之前被关的房间一样,没有一个窗户,只在墙的最上方,每隔半米凿开了一个小小的方形透气孔。天花板上布满了红外线设备。

"我是轩辕望川,是星月城原来的警卫长,已经在这里关了10年了。"9222对竹飞说。

"我叫墨飞。"竹飞介绍了自己,"我和我朋友有个3天之约,明天就是第3天了,可是我现在……"

"或许,可以……"轩辕望川刚要说什么,就被时间到的声音打断了。

"9527,你……"燕尾服有点犹豫。

"报告警卫长,我的房间还有位置!"轩辕望川喊道。

"你不是一直单独住的吗?"

"愿为警卫长解忧!"

燕尾服很是满意地笑着点了点头:"9222啊,你要早开窍,不早就出去了吗?这次表现好!记嘉奖一次!9527,你就跟9222一起回去。星辰使要来了,你洗洗脸,理理毛,别一副邋里邋遢的样子!"

竹飞低头看看自己,刚才往地上那一趴,确实让自己看上去邋遢了不少。他跟着轩辕望川回了房间。门刚一关上,轩辕望川不知道从哪里摸出一把匕首,抵在竹飞腰间:"说,你到底是干什么的?跟那3只熊猫有什么关系?你们有什么阴谋?"

"我,我是被抓进来的啊!我还莫名其妙呢?什么3只熊猫?谁?"

"你们有什么阴谋?老实点儿!"轩辕望川的手上加大了

力度。

竹飞有点搞不明白轩辕望川的意思，此时此刻，他若是反抗，未必会占上风，只得老老实实："轩辕大哥，那个，你先把匕首拿开好吗？这刀剑无眼，一会儿真伤了我，恐怕也不是你的本意。"

"快8年了，他们一只熊猫也没有抓，这次一抓就是4个，身高、体型几乎一模一样，你敢说你跟他们几个没有关系？你到底是谁？"

这一席话提醒了竹飞，那3位和自己如此相似，难道是……但当务之急，是让自己能活着离开这里。

竹飞想起竹梦那句"我让我父亲抓你"，猜想她父亲在星月城大约也是个人物，决定赌一把。即使赌输了，大不了就是跟轩辕望川干一场；若是赢了，自己在监狱里至少可以保个平安。

"我是谁，你可能不知道。但我有个朋友，你可能听说过。竹梦，你认识吗？我跟那3只熊猫真的没什么关系，说不定，我被抓进来，就是被他们连累的。"

"你，你是竹梦的朋友？那，那就是我的朋友了。"轩辕望川自从被关进这里，儿子就托付给了竹梦的父亲，听到竹梦的名字，他连忙收回了匕首。

竹飞暗暗松了一口气："我和竹梦有个3天之约，可现在……"

轩辕望川没有说话，把竹飞往旁边一推，自己站到了门口："守卫！"

然后转身对竹飞说："今天值守的守卫，有一个是我的侄子。"

守卫跑过来："9222，喊什么喊？"然后压低声音，"望川叔叔，有事儿？"

"哲，这两天到处抓熊猫是怎么回事？"

被叫做哲的少年从衣兜里掏出一张卡片递给他："望川叔叔，你看了就知道了。"

轩辕望川和竹飞对视了一眼，那卡片上写着，全城搜捕可疑熊猫，身高1.73米，身着山青色长衫，体型健硕，毛色顺滑。旁边还附了一张与竹飞相似度达99%的肖像。

"这是，从什么时候……"

"3天前。说是密报！"

竹飞倒吸了一口凉气，这时间跟他到达星月城的时间太吻合了。若不是昏睡了48小时，也许早就被抓进来了。

细细想来，难道是自己的行踪被泄露了？只是，怎么可能？竹飞后背升起一丝凉意。但愿一切都是巧合吧。

"9527，出来！"燕尾服的声音又出现了。

轩辕哲押着竹飞走出了那条窄窄的通道。

玻璃屋里面，燕尾服身边坐了一只穿着紫色长袍的熊猫，头上戴着一个发箍，镶嵌着一颗四角星。想必，这就是那星辰使了。

"坐！"紫色长袍轻柔地说，"我是星月城的星辰使，我叫土昂。"

竹飞盯着土昂，总觉得那颗星星在哪里见过。银色饰面，紫色包边，华美而高贵。

燕尾服拿起遥控器，整个房间的窗帘全都垂了下来，亮起了一盏盏星月造型的灯。

"那么远过来，辛苦了吧？"土昂的话语里满满都是关心，又站起来给竹飞倒了一杯水。

竹飞冷冷地说了一句："谢谢，从我家到这里，倒是不太远。只是，星辰使费这么大的力，把我弄到这里来，是不是弄错了？"

"弄错？"土昂冷笑一声，"我在街上就跟着你，这两天用监视器看了你那么久，我会弄错？"

突然土昂目露凶光："说，你是谁？是不是竹飞？紫色斗篷如何能够召唤万马千军？"

纵然竹飞沉着冷静，却也没有料到对方会说出他的名字。

可紫色斗篷是什么？召唤万马千军又是怎么回事？

他疑惑着，却冷静地说道："我不知道，我也不是竹飞。"

土昂对燕尾服使了一个眼色，燕尾服拿起遥控器轻轻一按，竹飞感到一阵电流进入了他的身体。每一根绒毛都立了起来，他的身体不停地抖动着，牙关紧咬，忍受着电击带来的痛苦。他瞪着土昂，没有一点要屈服的样子。

"B模式！"土昂摇了摇头，"这还真是一条汉子！"

燕尾服又在遥控器上一阵按，竹飞停止了抖动，椅子上却生出几根触角，将他的手脚紧紧缠绕在了椅子上。头顶的天花板开出一个格子，如山洪暴发的水冲在竹飞的身上，10秒钟后又变成了冰雹。

竹飞依旧不吭一声，他几乎就要爆发，身上的每一根经络都充满了力量。但土昂是怎么获取到自己信息的？只有留在这里，才能解答这个问题。

一颗颗冰珠子接二连三地砸在竹飞身上，一拳拳冰冷的撞击络绎不绝地刺激着他的身体。他隐忍不发，身体里积蓄了巨大的力量。

"停！"土昂挥了挥右手，"押下去，关1号房间。记住，再也不能让他跟其他的熊猫接触，尤其是9222！"

土昂转身，那紫色的长袍飞起来，刚刚拉开窗帘的玻璃房有正午的阳光照进，竹飞看见紫色长袍的下方，有跳动着的一粒粒尘埃。

竹飞昏睡了过去。

那些尘埃飞扬在空气里，飘去了星月城的每一个角落。

竹梦坐在秋千上，看着眼前的庞然大物，心想3天已到，这个墨飞怎么还没有回来？突然，门口传来了声音。

"墨飞！墨飞！你回来了？"竹梦跳向门口。

"莫非就是你爹回来了？"竹思阁的声音随着那空气中的尘埃，送到了竹梦的耳朵里。

"啊，爸爸？您，怎么这么早？"竹梦挠挠脑袋，突然就紧张起来。

竹思阁看着女儿的表情，觉得有点奇怪："梦，你怎么了？"

"没，没什么！就是爸爸突然这么早回来，我有点儿，有点儿不适应。"

"前两天说的那个熊猫，被抓住了。正好我就可以放假了，休息休息。"竹思阁脱掉外套，"我也去花园晒晒太阳，我的那些花儿，可想死我咯！"说着，朝花园走去。

竹梦这才反应过来，急忙去拉竹思阁："哎，爸，爸，你不先去按摩椅上松松筋骨吗？要不，咱们一起出去吃个冰淇淋什么的？"

竹梦的一反常态让竹思阁心生疑惑：女儿在隐瞒什么呢？

他嘴上答应着去吃冰淇淋，却在竹梦换鞋的时候，悄悄往花园走去。竹梦紧跟着跑过去，却也为时晚矣。

"梦，这……这是哪儿来的？"竹思阁看到盐竹飞船的那一刹那，惊讶得差点连话也说不出来。

"我，我一个朋友，暂时，寄存在这里的，我，我……"

竹思阁看了她一眼，什么也没有说，钻进了船舱。

竹梦待在外面，望着门外，只期盼墨飞千万不要在这个时候出现。

"这个东西，没什么危险，你就把它当玩具吧。你哪个朋友？谁啊？我认识吗？"竹思阁走出来，一脸笑容。

竹梦从小就没有什么事情能瞒得过父亲，只得老实交代："他说他叫墨飞，你不认识。"

竹思阁点点头哦了一声，下午轩辕哲找他的时候，好像提起过这个名字。那就是……那一刻，他的心仿佛要跳出来了。

第十章　竹飞复联言有鬼
　　　　蜀诚失联觅无踪

　　朦胧间，竹飞隐约听到有个声音在喊"墨飞"。他想起和竹梦的约定，猛然醒过来，却发现自己已经被转移到了一个陌生的地方。刚才的声音，只是来自梦境罢了。

　　他敲了敲墙壁，并没有什么发现。房间里，除了空气，什么也没有。

　　"走进一间房，四面都是墙，抬头天花板，低头……"连老鼠和蟑螂也没有。他笑了笑，走到墙角，坐下来，却听到来自耳机里的微弱的电流声！

　　"上官公子能听见吗？我是竹飞！"竹飞压低了声音，这是他唯一的希望了，如果联系不上伙伴们，恐怕……

　　指挥中心也在不间断地呼叫着竹飞。就在大家都心灰意冷的时候，终于等到了这个遥远的声音，还好大家从未想过放弃。指挥中心欢腾起来，至少，他还活着。

　　关掉熊 phone99，在奇幻乐园里看了两天电影的蜀亚，带着一大堆新鲜竹笋回到了指挥中心。刚进大门，就听到大家的欢呼声。

　　"哈喽！大家是在欢迎我的归来吗？"他扭动着身体，极尽妩媚。

蜀诚凑到他耳边,告诉他竹飞有两天没有消息,终于恢复联络了。他一边埋怨蜀诚不告诉他这件事,一边抓起通讯器:"竹飞,我是蜀亚。你还好吗?"

听到蜀亚声音的那一刻,竹飞眼泪都快下来了:"殿下,我,我还好。长话短说,星月城全城搜捕与我外形特征相似的熊猫,贴的图片我自己都无法辨别是不是我……我被抓了,审讯的时候他们只问紫色斗篷。说它能召来万马千军。殿下你知道紫色斗篷是什么吗?"

大家都摇了摇头,蜀亚说:"竹飞,我们都不知道紫色斗篷是什么。你别急,我们查一下。"

竹飞安慰蜀亚道:"殿下,没关系。可能真是巧合呢!没关系的,殿下。不过……"竹飞又沉默了。

若风注意到竹飞的欲言又止,拿起通讯器:"竹飞,是我。我们大家都在!你如果方便说话,就咳两声,如果不方便说话就咳一声。"

竹飞咳了两声。

"那边有没有谁可以帮你?能不能找到机会逃出去?还有,星月城,在哪里?在月亮上吗?我看你已经偏离方向了。"

竹飞思索了一会儿,说:"我被关在一个单独的房间,如果真的要找熊猫帮忙，几乎是不可能的。现在这种情况，逃出去可能比寻求帮助还困难。星月城，我也说不清楚在哪里，的确没有在月球上。"

"你打得过守卫的吧？"

"那应该是没有问题，可是他们这里到处都是监控系统和防越狱红外线。恐怕我还没有走出去，就又被抓了。何况，我还不知道这里的布局。"

蜀诚拿过通讯器，还没有开口，竹飞的声音又传过来："你们别着急，他们暂时不会伤害我。好像有脚步声，再见。"竹飞切断了连线。

"大家怎么看？"蜀亚坐在桌子上，将竹笋一根一根扔给大家。

"还能怎么看？哪有那么凑巧的事？外形相似，时间相合。我们中间，有内鬼哦！"如雷站起来伸了一个懒腰，顺手把竹笋的皮扔进了垃圾桶。

蜀亚呼了一口气："好吧！我相信大家！我认为是巧合。同意的，举手！"说着，自己把手举了起来。跟着，蜀诚、若风、初雨也举起了手。竹溪看了看如雷，然后慢慢把手举到了耳边，又低下头，轻轻地摇了摇。

5双眼睛都看着如雷，他咳了两声："我一向黑白分明啊，就跟我这一身帅气的绒毛一样。那个,现在没有证据,那就,就算是巧合吧!"

看着举起的几只手,蜀亚抬眼望了一眼窗外,停了几天的雪花,又开始飘起来,一片一片,盛开在漠璃国的上空。

竹溪自语道:"也不知道这雪,是预兆着丰年,还是唱着悲伤的咏叹。"

听到这句话,大家又沉默了。

"殿下,我有个提议。"蜀诚摸了摸眉心的月牙,"我们每天全都耗在这里,并没有什么用。倒不如我们分成三个小组,每两天轮换一次,不当值的伙伴可以继续破解盐竹身上的花纹。我们也不能把希望全都寄托在竹飞身上。万一,这个事情跟月亮没关系呢。"

"我赞成!"若风打了一个哈欠,"我太困了,第一轮休息好吗?这样吧,我跟竹溪一组,初雨如雷一组,蜀诚,你就跟殿下一组,大家有异议吗?"

都说哈欠是会传染的,若风话还没有说完,大家就纷纷打起哈欠,用点头表示同意若风的提议。

蜀亚刚刚休息回来,自然留下来值班,只是辛苦了蜀诚,还得再坚持两天。

伙伴们离开之后,蜀亚往摇椅上一躺,重重地叹了一口气:

"会是谁呢？"

蜀诚给他端过来一杯沁翠之心，又给他搭上一条毛毯，自己则坐在旁边，喝起奶茶来。

"殿下，你的意思是……"

蜀亚摇动着椅子："什么我的意思，你什么意思？"

蜀诚笑了笑："难道你刚才的意思不是认为我们中间有内鬼吗？其实，我可不觉得竹飞的遭遇是巧合。"

蜀亚直起身子，端起那个按照他的外形制作的杯子，喝了一口奶茶，等着蜀诚继续往下说。

"殿下，虽说'无巧不成书'，但这也太巧合了吧？竹飞的飞行目标是月亮，这么巧不受控制地偏离了；又这么巧落在了星月城；又这么巧全城抓捕外形特征和他相符的熊猫；还偏偏又这么巧，抓到了竹飞。长得像就要被抓？难道星月城还在奴隶社会？"蜀诚看了一眼大屏，又说，"只是我们没有证据，而且，会是谁呢？"

在蜀诚心里，任何事情，都要讲求证据，也要公正，如同他最最崇拜的包拯一样。

"找不到证据，这事儿可就难办咯。"蜀亚往摇椅上一躺，椅子有节奏地摇晃起来，他多么希望，这只是个巧合啊。

蜀诚摇摇头，摸着眉心的月牙："会是谁呢？会不会跟之前威胁你的，是同一个人呢？"

"我不知道风是往哪一个方向吹……"蜀亚的熊phone99响起若风的身份铃声。

"殿下，我，我怀疑，咱们中间有鬼。"若风压低着声音，有些不自信地说，"刚才，当着大家的面，我不好说。恐怕不止我一个，有这样的怀疑。"

蜀亚透过熊phone99的屏幕看着若风：他警惕地看着周围，眼神里写满了疲倦和担忧。

"你觉得是谁？"蜀亚问。

"我……"若风又打了一个哈欠，好像有谁在敲门，他往后看了一眼，对门外的来客说，"稍等，就来。"就挂断了与蜀亚的联系。

"紫色斗篷！殿下，紫色斗篷！"蜀诚突然叫起来，蜀亚差一点从摇椅上翻了下来。蜀诚伸手扶住蜀亚，"斗篷，我们是见过的，只是……"

"你说，你见过紫色斗篷？"蜀亚听来觉得不可思议，"在哪儿？"

蜀诚闭上眼睛，摇了摇头："殿下容我再想想。"

"殿下，若风，有谁在吗？"竹飞的声音在这时传了出来。

"竹飞，我，蜀诚。我和殿下在这里。"蜀诚抓起通讯器，赶忙回复道。

"殿下，刚才他们的星辰使来找过我，说，如果我说出紫色斗篷的位置和口诀，会放了我，还会让城主给我封爵。"

蜀亚和蜀诚对看一眼，看来星月城对紫色斗篷很是舍得下本儿，更是相信竹飞知道斗篷的下落。

竹飞小声说："通缉令上的照片，跟我太像了。也许就是我，我担心……"

他不是不相信自己的伙伴们，而是事实让他不得不怀疑他们中间出现了内鬼。他应该让蜀亚知晓他的担心，早做防范。

"你担心有内鬼，会影响我们之后的行动？"蜀亚后背都有些发凉了：作为太子，自己身边居然有鬼，而自己却全然没有发觉，细思极恐……

而星月城的目的性太强，除了紫色斗篷，其他什么也不问。竹飞又问起盐竹身上的花纹，蜀诚说已经有了一点眉目。

挂断联系，竹飞靠在冰冷的墙上，想起蜀亚吹奏的那曲《漠璃谣》，他想漠璃了，他想家。

"琉璃山翠竹长新笋，漠翠河清澈入海奔，山水一程风雪又一程，故人盼君踏归程；雪漠峰燃指航灯，漠璃城内又是春，冬去春来花开又一年，月下再无离别人。"

哼完这首歌，他的眼眶湿润了。

武者也不是铁石心肠，他们身如百炼钢，心如绕指柔。铁血柔情永远牵挂着自己的国与家。

蜀亚轻轻敲着桌面，手上还拿着已经安静下来的通讯器。他不知道下一步怎么办。墙上大家的合影中，竹飞笑得那么开心。可现在，却在遥远的星月城承受着牢狱之灾，自己却束手无策。

他从抽屉里拿出那些盐竹的照片，一笔一笔在纸上画起来。蜀诚则撑着额头，在本子上写写画画，那副紧张的模样，和以往考试之前的夜晚一模一样。蜀亚不忍打扰他，端来一杯竹咖放在他的手边，自己又在纸上画起来。

早晨轻柔的阳光透过玻璃窗照进来，唤醒了睡梦中的蜀亚。

蜀诚昨夜的位子上空空荡荡，桌上只有残缺的半张纸条：我去科……

"去科技院了？"蜀亚自行脑补了后两个字。

为什么不留言呢？他仔细翻查了熊phone99，"留言0"的字样将他的双眼刺得生生发疼。

蜀亚试着联系蜀诚，却一直无人接听。

走出指挥中心，站在门口，雪过天晴，阳光下，覆盖着白雪的琉璃山闪耀着不一样的美。清新香甜的空气从他的鼻孔进入肺部的每一个肺泡。可一想到昨夜的一切，这清新的空气却如同 PM2.5 一样让人难受。

"谁？！"

一个黑影以极快的速度闪进了指挥中心。蜀亚跟着就追了进去，却什么也没有发现。再一看，桌上的照片不见了。

指挥中心依旧空空的，只有控制台上的仪器每隔两秒发出一声"嘀嗒"，周围安静得可怕。

"我不知道风是往哪一个方向吹……"若风的来电提示音打破了空气中的宁静。

"殿下，蜀诚在吗？刚才家里的管家告诉我，他来找过我，只是当时我还没有睡醒，他就走了。现在，我联系不上他。是调静音了吗？"

难道蜀诚也没有在科技院，那他去哪里了？刚刚又有小贼偷走了盐竹的照片，这到底是为什么呢？

蜀亚的沉默让若风感到不安："殿下，怎么了？"

蜀亚定了定神，吐出一口气，一字一句地告诉他，蜀诚不见了，只留下半张残缺的字条，熊phone99 也联系不上。

"我马上来！"若风挂断了连线。不一会儿便从存书阁地下通道来到了指挥中心。

若风的到来让蜀亚略微心安："若风表哥，蜀诚大概是很早很早就出门了。我早晨醒来的时候,他就已经不见了。"蜀亚将那半张字条递给若风,"只留下了这个。"

"昨晚有发生过特别的事吗?譬如,什么响动?什么异象?"

蜀亚拍了拍脑袋:"也没什么特别啊。你们走之后,竹飞又跟我们联系过一次。就在你说怀疑有内鬼之后。竹飞也说怀疑有内鬼。"

"殿下,你再仔细想想,你真的没有听到或者看到什么?蜀诚是不是知道了什么,才来找我。可我……唉……"若风显得有些焦急。

蜀亚闭上眼睛,摇摇头。他告诉自己要冷静,要清醒,不能乱。可的的确确没有什么特别之处。

"殿下,说不定蜀诚已经知道谁是内鬼了。他来找我,也许是有什么拿不准的要跟我商量!"若风不知道自己为什么会说出这句话。

"可惜他的本子不见了,昨晚他有在本子上写东西。"蜀亚盯着之前放笔记本的位置。

"殿下,蜀诚有没有用智博库备份的习惯?"若风看向蜀亚,他要发挥科技之星的作用了。

蜀亚点点头,将自己的智博库推到若风面前。

若风打开智博库，找到蜀诚的智博库编码，却怎么也进不去，程序不断提示：密码已更改。

"有人跟我同时登入蜀诚的智博库，并试图强行攻入，只有这样，才会出现这种情况。对方也是高手！"

想起蜀诚昨夜埋头分析的模样，蜀亚握起右拳重重地捶在椅背上："一定是那个黑影！我跟着他追进来，却一个影儿也没有！前后不过 10 秒钟！"

"10 秒钟？"若风呼出一口气，"殿下，看来那只鬼对这里的结构十分清楚，不仅知晓地下通道的存在还能在这里和地下通道进出自如。应该，就在我们 6 个中间。"

蜀亚摇摇头："不可能。怎么会呢？昨天你也举手了，没有鬼！"

若风继续冷静地说道："不光这样，他还要在科技院无声无息地消失……"

即使蜀亚对查案和逻辑再不敏感，这话的意思他也明白了。内鬼出在科技院，可怎么可能是初雨？！

"不，殿下，我说的是……"若风的声音渐渐小了下来。

蜀亚转过头看着若风，摇了摇头："贯耳？绝对不是他！昨晚可是他说的有内鬼啊！没有道理自己暴露自己啊！"

"难道是我吗？殿下。为什么飞船飞去了星月城？飞船是我和他一起检查的,最后一遍核准是他完成的。他完全可以做到让飞船偏离航向,甚至设计好偏离的角度。他是我弟弟,我没理由冤枉他。"若风说着,望向了天花板。

"贯耳?我还是不信!"蜀亚无力地坐在椅子上,嘴上说着不信,可他的身体已然相信了如雷就是那个内鬼。

仔细想来,如雷加入当天,若风和自己都收到了一封神秘的信件。在商量的过程中,他先是挑衅竹飞,接着又顶撞自己,不断挑起矛盾。不管是巧合还是故意,如雷身上确实是有疑点。

但疑罪从无,证据在哪里?

看着蜀亚犹疑的眼神,若风咬咬牙,事已至此,这个锅如雷不背也得背。

若风打开通往存书阁通道的暗门:"殿下,证据也许还在他手里,我们去看看。"

他们没有敲门就直接闯入如雷的卧室,正躺在床上看电影的如雷一下坐了起来:"哥,干嘛?太子也来了?这阵势是……"

若风面若冰霜,直截了当地问:"蜀诚呢?"

如雷抠抠脑袋:"蜀诚不是跟太子值班吗?"

"少装蒜!"若风依旧面若冰霜,然后在屋里找起来。

蜀亚站在旁边,一句话也没有说。他不知道说什么,也什么都不想说。

谎言和沉默是世界上日益蔓延的两种罪恶,当信任的人用谎言欺骗你,也许每个人都只剩下心底的沉默。

"这是什么?"若风从如雷的窗帘后面,搜出了蜀诚的笔记本和一叠照片,上面还有蜀亚做的标记。

"笔记本和照片啊!"如雷切了一声,"你不会连笔记本都不认识了吧?平时让你离太子远一点,你不听,智商低是会传染的。"他瞥了蜀亚一眼,扔了一块口香糖进嘴里,满不在乎地嚼着。

"贯耳!哦,不!上官如雷,这是蜀诚的笔记本,怎么会在你这里?!"在看到笔记本那一刻,蜀亚在沉默中爆发了。他确信蜀诚的失踪与如雷紧密相关,他揪着他的衣领,冷冷地看着他。

"我不知道!你放开我!"如雷推开蜀亚的手,"这个笔记本,我也是刚刚看到而已!哼,欲加之罪,何患无辞?!你早就看我不顺眼了吧?!抓了我吧!像那些星月城的熊猫抓竹飞一样,哪里还需要什么理由?!"

若风呵斥了一声道:"闭嘴!如雷,你认错吧!"

而蜀亚没有给如雷认错的机会。他面无表情地说:"上官如雷，从今天起，指挥中心，你就不用来了。另外，你的行动范围仅限于科技院存书阁以外的地方。存书阁会暂时对你关闭。我会派守卫照顾你的起居。"此时他的心已成了屋檐下凝结在一起的冰柱，又冷又硬。

如雷想说什么，却感到任何辩解都是无力的。他坐在那里，盯着窗外，眼睛里尽是空洞。他不知道哪里出了问题，事情怎么会变成这样。

不管若风再问什么，他一句话也不说。

若风试着用熊phone99定位蜀诚的GPS，却发现已经无法定位了。这是技术性破坏才能造成的结果。他对如雷恨恨地说："对熊phone99进行技术性破坏，除了科技院能做到，还能有谁？如果蜀诚有什么不测，我第一个不放过你！"

上官如雷看着若风，眼里有了一些委屈："哥，你不相信我……"然后低下头，一滴泪滑落下来。

蜀亚走出了那个让他感到压抑的房间，站在回廊上，看着头顶的天空，云遮住了清净的蓝色，却还是被风吹散。真相，终究不会被掩盖。

第十一章　紫色斗篷现漠璃
　　　　　蜀纪初雨皆遇袭

"殿下，刚才指挥中心无人值守！"上官若风拍拍蜀亚的肩膀，急切地说。

当他们百米冲刺回到指挥中心的时候，竹飞的声音正在呼叫着："蜀诚！殿下！"

若风和蜀亚同时冲向控制台，却还是被若风抢了先。

"竹飞，我是若风。"若风喘着气，圆滚滚的肚子一起一伏。

"哦，殿下和蜀诚在吗？"

蜀亚抓过通讯器："我在，可是，蜀诚……"他停顿了一下，神色凝重地看若风。

若风摇了摇头，蜀亚接着说："蜀诚刚回家了。"

竹飞应了一声，过了片刻才开始说话："殿下，有件事，我自己拿不准。记忆有些混乱了。但是，可能会帮助我们找出内鬼。"

"没关系，你说说看。"蜀亚心中多么希望竹飞的线索可以证明是他们错怪了如雷啊。

"昨天，星辰使又来找我。无意间，我看到他的腰带上有颗四角星，银色紫边的星星。那天你收到的信，信封上是不是也有一个浅浅的四角星的模样？"

那颗银色紫边的四角星，对于若风来说，不仅仅是个标记，更是一个噩梦。想到这里，他浑身抖动起来。

竹飞尽量放缓着语气，尽量让自己的表达听起来轻描淡写："收到信的那天正好是如雷加入的第二天吧？"

"第一天吧？"蜀亚纠正道。

"不，殿下，前一天的晚上，如雷已经加入并且接触到我们的所有资料了。不是吗？"

若风点点头，也许自己并没有冤枉如雷。

蜀亚告诉竹飞，如雷已经被软禁起来，铁证如山，他无法抵赖。若风大义灭亲的形象在蜀亚心中高大起来。

关于戴斗笠的神秘人，竹飞想起曾在雪漠阁见过。那日他回雪漠阁，曾经见到过一只戴斗笠的熊猫站在门口。却实在想不起其他细节。

上官若风却知道，那个神秘人，他也是见过的，就在那夜的"上善若水"。

蜀亚叫了初雨过来顶班，他要去找蜀诚。而得知如雷被软禁的初雨并未为弟弟辩解半句，依旧和从前一样，露着淡淡的微笑。

轩辕府门口，轩辕颂迁正在把新鲜的冬笋往里面搬。看到太子,他急忙放下挽起的袖子,把手在身上擦了擦迎了过来,又装作不经意地往太子身后看了看。

"太子来了?那个……蜀诚……"

轩辕颂迁搓了搓手,他已经好几天没有看到儿子了。

"哦,轩辕大人,蜀诚在帮我写作业呢,你知道,我的功课一直都是他帮我……我路过这里,我是要去前面街上吃串串……那个,你要一起吗?"蜀亚心底隐隐作痛:蜀诚没有回家。看着眼前已经年迈的轩辕颂迁,如果蜀诚有什么不测……他不敢想下去,便撒了个谎。

轩辕颂迁连忙摆手,笑着感谢蜀亚:"臣还得搬竹笋,下次太子来家里吃火锅吧。"

与轩辕颂迁匆匆道别,蜀亚在前面街角拐了个弯,戏台上还演着上次看过的戏码,只是那演员的技术更加纯熟,脸谱变换的速度更快了。这些年来,变脸这门艺术在漠璃国开始变得普遍,神奇的技艺得到了很好的传承。

观众们高叫着喝彩,蜀亚却感受不到那种热闹。

蜀诚笔记本中写着:漠璃上下五百年,第一卷第二章出现过关于黑色斗篷的记载,这黑色斗篷和紫色斗篷是同一件东西吗?蜀亚决定去问问父亲。

竹宁殿的花园里,竹子焕正在与蜀纪下棋。

"竹阁副,你可是赢了我好几局了啊!真是一点儿面子也不给!"蜀纪摸摸下巴,笑着说。

他喜欢下棋,尤其喜欢这黑与白的围棋,与他们的毛色一样,甚至和他一向欣赏的人类儒学有着相通之处。他并不在乎最后的输赢,而是喜欢那种思考、那种看全局的过程。他让蜀亚学棋,无非也是教给他要有统揽全局的格局,要懂得分清黑白,明辨是非。

竹子焕起身给蜀纪添了茶,脸上都是谄媚的笑容:"陛下,您这是让着臣啊。臣本是来学习的,你却不肯赐教啊!"

蜀亚装着清嗓子咳了一声,蜀纪和竹子焕这才注意到他。

"哟!太子来了!"竹子焕客气地打了一声招呼。

蜀亚直接让他回避:"我要跟父王聊聊心事。"

竹子焕的笑凝固在脸上,一秒钟后又融化成一个笑容,纵使心中百般不悦却呵呵笑着连连点头:"就不打扰陛下和太子了,臣告退。"

蜀纪干咳了两声,斜着眼睛看了一眼蜀亚:"那个,竹阁副啊,你在外面稍微等一下,等他说完,我还得继续跟你下棋呢。"

看着竹子焕退到殿外,蜀亚刚要开口,却被蜀纪发问了:"还搞到天上去了?你行啊!真上天了!跟你说了不要做无谓的牺牲！听说上去的是竹飞，怎么样了？"

蜀亚斜着眼看了一眼天空，淡淡地说："没怎么样，挺好的。"

"挺好的？他还能回来吗？你告诉我，他还能回来吗？你呀，极不负责！"蜀纪有些生气，"你把他送到上面去，查出什么眉目来了吗？跟你说过多少次，唯贤唯德，能治国齐家。风险都让朋友担，为不贤；对朋友不负责，为不德。你呀，什么时候才能长大？！"

蜀亚听得面红耳赤，他不知道父亲从何得知这些事情，但每一个字都像是一根刺扎在他的心上，心如刀割。

其实，他又何尝不担心竹飞的安危，不挂念竹飞的情况。可星月城不停索要的紫色斗篷到底是个什么东西？跟黑色斗篷是否有关？

刚才跟父亲问起的时候，父亲眼神中有明显的慌乱。蜀纪明白，虽然这斗篷承载的秘密已经不是秘密，但荣耀与责任永远不朽。也许到了让蜀亚扛起责任的时候了。

"跟我来。"蜀纪往书房走着，蜀亚跟在他的身后。

蜀纪书桌的后方，有一个大大的博古架，架子上错落有致地摆放着青花瓷瓶。蜀纪取下右下角那个独一无二的青花描金瓷瓶，轻轻放在书桌上，接着转动瓷瓶的座子。博古架缓缓移开，展现出一个大大的房间，只在房间正中摆放了一个油漆已经斑驳的柜子,柜子上挂着一把翡翠锁。

这间密室一直沿用着最最古老的机关,所有的机关都刻满了历史的痕迹。即使科技发达如漠璃国,这样传统的技艺也一直被传承下来,成为宝贵的遗产。

蜀纪走到柜子跟前,掏出一把翡翠钥匙,打开了柜子。

一件紫色的斗篷挂在那里,没有一丝灰尘,甚至还微微闪着光。领扣的地方,一块圆润透亮的玉镶嵌在银色的花纹包边中,彰显着低调的奢华。

原来,真的有紫色斗篷!蜀亚有点不敢相信自己的眼睛。这就是能召来万马千军的紫色斗篷?

"亚,这就是你要问的紫色斗篷。看到了吧。就是一件普通的斗篷而已。"

蜀亚这才回过神来,点点头:"它能召唤万马千军?"

哈哈哈,蜀纪大笑起来:"也许吧。它是有一些能量的。至于能不能召唤万马千军,你认为呢?而这斗篷,并没有什么秘密。15年前,我已经把这个秘密公开了。"

蜀亚低下头笑笑,不知道是父王在骗他,还是星月城的熊猫误解了这件斗篷的意义。

《漠璃五百年》上,关于斗篷的记载的确是黑色,因为深紫色远远地看过去,跟黑色极为近似,一直就这样将错就错流传了下来。

父子俩回到书房,蜀纪从抽屉里取出一颗金色小球:"亚,这个东西,你在哪里找到的?"

蜀亚接过金熊珠,在手里摸了又摸:"果然在这里!小金,你让我找得好苦!这是蜀诚见我喜欢,送给我的。"

"蜀诚,这是蜀诚送给你的?"蜀纪皱了皱眉头,心生疑惑,他又想起了那年青竹斋的大火。

蜀亚却没有听他讲话,自语道:"小金,你回来了,蜀诚也该回来了吧?"

他把小金往兜里一揣,跳出了竹宁殿。

青竹斋的翠竹生长得繁茂,竹叶依旧葱茏。寒风拂过,竹叶发出柔柔的声响。蜀亚收到若风的留言说蜀诚依旧没有消息。刚刚找到紫色斗篷和小金的喜悦突然被哀伤代替。

他呆呆地坐到椅子上,掏出小金,想着蜀诚到底会去哪里,却手上一滑,小金掉到地上,裂成了两半。蜀亚连忙蹲下捡起来,却再也拼不回原来的样子。

一种不祥之感就这样悄悄地爬上了蜀亚的心头,逐渐蔓延开来:蜀诚,他不会出什么事吧?那年溺水,若不是蜀诚把他托起来,也许他根本撑不到竹子焕来救他。在这之后,他在心理上对蜀诚产生了强烈的依赖感。若是蜀诚发生什么不测,他的小宇宙一定会崩溃的。

"正义,从来不会缺席……"熊phone99响起来,竟然是竹岳。

他怎么会找我?蜀亚把摔成两半的小金放在一边,接通了和竹岳的连线。

竹岳还是那副冷冷的样子,冷冷的声音,跟竹飞的热情完全不同:"殿下,国王遇袭,你过来看一下吧。"

看看已经裂成两半的小金,难道你是要告诉我父王有麻烦?蜀亚返回了竹宁殿。蜀纪坐在深绿色的床榻上,右手手腕缠了一圈绷带,看上去已经没有什么大碍。

整个竹宁殿,什么也没有丢。

而盗贼已经抓住了,居然是竹子焕!

"还好紫色斗篷没事。"蜀纪说道。

蜀亚走后,记不清是否锁了柜子的蜀纪返回书房,刚进入密室就发现了另一个身影,便转身给了那身影一拳。这才看清是竹子焕。

正当他以为是个误会的时候,竹子焕竟然出手了。

"还好我的武功没有退步,否则啊,这老身板怎么打得过他?!"

竹岳点点头:"臣救驾来迟,望陛下恕罪!"

蜀纪摆摆手："真想不到，竹子焕他……哎，我用人不慎啊！"

说完他看了已经被捆起来的竹子焕一眼。

竹子焕却躲开了他的目光，看向蜀亚，开始拼命地挣扎却一言不发。

"我已经点了他的哑穴，关于紫色斗篷的事，可千万不能传出去。"蜀纪说道。

蜀亚也觉得父王说得在理，更何况他早就巴不得这个竹子焕闭上那张臭嘴了！

这时，他想起了竹岳的熊 phone99 铃声：正义，从不会缺席……

邪恶，终会被正义打败。

走的时候，竹岳送他到殿外，几番欲言又止。蜀亚说："你放心！我一定让竹飞平安回来！"竹岳愣了一下，露出千年等一回的笑容，微微点头。

竹子焕被抓了，这是多么大快人心喜闻乐见的事情。可蜀诚呢？依旧没有一点消息。

琉璃山下，蜀亚坐在路边，抽出背后的长笛，又一次吹起《思念》。"你到了哪里，为何没有了你的消息……"蜀诚啊，你听到笛声就赶快回来吧。

朝着指挥中心的方向，蜀亚慢慢走着，在路上寻觅蜀诚的印记，却听到了初雨呼救的声音。循声而去，一袭白裙的初雨坐在地上瑟瑟发抖，手臂上渗出血迹，在白裙上开出一朵狂野的玫瑰。

"初雨，怎么回事？你怎么在这里？"蜀亚蹲下身，看着惊魂未定的初雨，她的手臂有一道3寸长的伤口。

"我那天看到这边有竹笋，就过来采一点儿，没想到……"初雨拍拍胸口，像是在安抚受到惊吓的小心脏。

蜀亚看着初雨手臂上的伤口，心里竟有些难受起来。他伸出手把初雨扶起来，问她还有没有其他的伤。初雨被蜀亚突然的亲密羞红了脸，竟不知道怎么说话了，只一个劲儿地摇头。

蜀亚扶着初雨，往指挥中心走。还未走到自动门前，门却打开了，若风正在往外走。

"怎么回事？"若风抓起初雨的手臂，对着伤口看了又看。

"若风表哥，你就别看了，先进去给初雨把伤口处理了。"蜀亚推了挡在前面的若风一把，扶着初雨进了室内。

若风拿来医药箱，用双氧水小心地清洗着伤口："咦，是利器所致？可是，这个形状……"

"是飞镖！"初雨咬着牙，忍着双氧水淋在伤口上的那种刺痛,"刚才,我采竹笋的时候,一支飞镖就突然飞了过来。那,就是这个!"说着,她从袖子里取出一支飞镖,飞镖的头上是一颗银色紫边的四角星。

又是四角星!可监控中如雷并没有离开过科技院。

那会是谁呢?会是送信的那个戴斗笠的神秘人吗?

蜀亚此刻急着要把紫色斗篷的事情告诉竹飞。这一天太多的事情都看似偶然地发生了。蜀诚失踪,如雷禁行,竹宁殿被盗,初雨遇袭,如果都是为了阻止我们的调查,那我就停止吧!我宁愿做回那个一无是处,只会吹笛子的蜀亚,只要不再伤害我身边的朋友和亲人!

蜀亚突然就有些害怕起来,一双无形的黑手让这一切都看似偶然地发生。蜀亚第一次感受到了艰难和阻碍。

"你有看清袭击你的是谁吗?"蜀亚轻柔地问初雨。

初雨摇摇头说当时自己有些慌,只看到了一个一闪而过的影子。

若风把纱布和双氧水往桌上一放:"差点忘了去察看现场。"说着就往外跑去。

蜀亚笑了笑:"如果受伤的是我,他肯定会记得要看现场。可是受伤的是你,才会让他乱了阵脚啊。所以,哥哥永远都是妹妹的守护神。"

"那你,会乱了阵脚吗?"初雨低声问,她知道,如果受伤的是蜀亚,她一定会乱了阵脚。

蜀亚愣了一下,刚想开口才发觉,这个问题无论怎么回答,都不对。于是用一个笑代替了回答。

他给初雨端来一杯牛奶,坐在控制台旁,拿起了通讯器,把今天发生的事情讲给了竹飞,除了蜀诚失踪和初雨的受伤。

"紫色斗篷就是《漠璃五百年》中的黑色斗篷,那个故事,你还记得吧?"

竹飞当然记得,只是竹子焕怎么会去竹宁殿行窃?多行不义必自毙吧。

这时,竹飞听到房间外传来一阵脚步声,那是两个重叠的脚步声,与土昂的脚步声有着明显的区别。

他切断了通讯,坐到墙角装睡起来。

"墨飞,墨飞,是我。"竹梦轻轻唤着竹飞,把头上不太合适的帽子推起来,竹飞看到了那张不久前才认识的脸。

可是她怎么可以进来?难道,她也是星辰使的手下?

竹梦旁边那个沉默着的守卫开口了:"墨飞你好,我是竹思阁,竹梦的父亲,也是星月城的月亮使。轩辕老兄带出的信息我收到了,这几天辛苦你了。我也打听了好久,才知道你被关在这里。长话短说,今晚我们是来看地形的。明晚,东方念归过生日,外面会放烟花,很热闹,全城的熊猫都会聚集在星月堡外。这个给你。"竹思阁递给竹飞一根细小的铁丝,"用它,可以打开这个锁,我刚才已经把锁芯弄坏了。明晚,外面一乱,你就开门,出去往左。竹梦在第一个小门的地方等你。"

竹飞有些惊讶,他不认为与竹梦的一面之交值得她冒这么大的风险来救自己,他更无法确定月亮使是不是真的要救他。如果不是,他不过是从星辰使的魔爪中落入另一个魔爪。又或者,这仅仅是他们的一个计策,只是为了骗取口诀而已?

第十二章　证据确凿难分辩
　　　　　蜀诚被指是内奸

　　初雨刚才遇袭的地方正好是漠翠河下游。月光照亮了河岸，河道上铺满了银色的月华。若风沿着河岸逆流而上，在岸边发现了一枚崭新的足印。顺着足印的方向，他在不远的地方找到了一枚纽扣。这纽扣……他来过了？

　　若风有点忐忑起来，回到指挥中心，他将扣子藏了起来说没什么线索。

　　蜀亚递给他一杯翠竹清茶，让他别那么紧张："还好初雨的伤不算严重……休息几天就会没事的。"

　　若风看了初雨一眼，靠近她关切地说："如雷出事了，你可千万不能有事啊！"

　　初雨点点头，对着哥哥露出一个微笑，靠在躺椅上，闭上眼睛，不一会儿就睡着了。

　　若风坐在控制台前，盯着那空空的屏幕。这些天发生的事情远远超出了自己的预料，让他措手不及。他越来越想知道那夜约他见面的神秘来者到底是谁，提出那样的条件，除了为他们的查案之路增加阻碍，他想不出来还能有什么用。

　　他越来越后悔自己答应了他。可是却没有后悔的路可以退。

而蜀诚,他到底去了哪里?他会不会已经知道了呢?若风取下眼镜,手掌在脸庞上下搓着,然后又揉了揉太阳穴,长长地舒了一口气。

自从那天夜里在"上善若水"见过那个神秘人,自己就像被装进了一个套子里,无论怎么挣扎,都无法钻出来。而那个套子却是他自己钻进去的,如果时光可以倒流,他一定不会答应那个无理的要求。

清晨的阳光在自动门打开的瞬间挤了进来,竹溪浑身是伤出现在门口。看到若风的那一刻,她倒了下去。

"殿下,你们快来!"声音冲出喉咙的时候,若风已经扶起竹溪的肩膀,喊着她的名字。

蜀亚被这声音惊醒,揉开被眼屎黏在一起的眼睛,慢吞吞朝门口走去。竹溪面庞惨白,虚弱地靠在若风的手臂上。

"这是怎么回事?竹溪!竹溪!"蜀亚蹲下来,将竹溪的手臂搭在肩上,轻轻把她抱了起来。

初雨已经醒来,她很懂事地把躺椅让出来,又给竹溪拿来一条盖毯。

刚刚安顿好竹溪,一个身影摇摇晃晃走进了指挥中心。他捂着肩膀,鲜血从他的指缝中流出,身上的衣服已经被浸染成鲜红。他伤得很重,每走一步都用尽了全身的力气。

"诚！你回来了！"蜀亚冲到门口，扶住蜀诚已经无力的身体。

蜀亚眼里闪烁着泪花，尽管蜀诚已经遍体鳞伤，但总好过他毫无消息。

蜀诚歪着靠在椅子上，右手按在左肩膀上，肩上白色的绒毛都变了颜色。

若风几步过去，拿开蜀诚压在肩上的手掌，被血打湿的绒毛黏在一起，软软地无力地贴在蜀诚的身上。这都发生了什么？蜀诚怎么会受伤？

"蜀诚！蜀诚！"蜀亚喊起来，蜀诚却闭着眼睛，一声也不吭。

"初雨，快拿医药箱过来！"

初雨这才猛然回过神来，小跑着去取药箱。

蜀亚再也无法压抑，眼泪从眼眶奔涌而出。一个是他最好的朋友，一个是他喜欢的女孩，这个时候，都伤痕累累地在他眼前，而他，却无能为力。

"我有财富，我有地位，可是，我却没有办法替代你的伤痛。"在这一刻，他终于体会到这种感觉。

"殿下……"

蜀亚转过身："诚，你去哪里了？总算回来了！"

"我……殿下……小心……"蜀诚剧烈地咳嗽起来。

"药箱！快！药箱！"若风几乎是从初雨手里抢过药箱，熟练而细致地清洗蜀诚的伤口，"初雨，你去处理竹溪的伤。"

可竹溪似乎有什么急事，推开初雨的手，让她等一等。

"殿下，有鬼，鬼是……"竹溪挣扎着要坐起来。

初雨扶起竹溪，让她靠在自己的肩上，却扯得自己的伤口隐隐作痛。竹溪她是要干什么啊？她说内鬼干什么？初雨差一点就要蒙住她的嘴巴。

空气凝固在那里，时间仿佛也停止了。

蜀亚扭过头看着竹溪，那失去了活力的脸上，写满了忧虑。

"我知道，竹溪，你好好休息，鬼，我们已经抓了。"

"已经抓了？"竹溪和蜀诚异口同声道。

若风帮着蜀亚给蜀诚包扎着伤口："对，如雷已经被太子软禁起来了。"

蜀诚点点头，竹溪却摇了摇头。她拉拉初雨的手，小声问："如雷真的被抓了？"

初雨把食指放在嘴唇上，嘘了一声："我也是刚知道。你……"她看着竹溪，眼神疑惑而复杂，她咬着嘴唇，小声说了一句："竹溪，求你了！"

竹溪摇摇头："殿下，除了如雷，还有……"

蜀亚转过身，看着竹溪，她的手竟然指向了蜀诚。

"竹溪，你不要乱说话！"蜀亚有些愤怒。

"这个，殿下，你认识吧？"竹溪手中捏着一块月亮形状的玉珮，谁都知道那是蜀诚的东西。

蜀亚从竹溪手中拿走玉珮："假的！一定是假的！"他翻来覆去地看着。小时候，蜀诚曾有一次从树上摔下来，玉珮的一个弯角断掉了，是蜀亚找工匠给修复好的，却留了一个印子。

可是，那条印子就在那里啊，一模一样。

前一秒，我还在为你争辩；后一秒，你却用事实打我的脸。

"诚……怎么会……"蜀亚重重地坐了下去，屁股在椅子角挂了一下，最终坐到了地上。

"昨夜，蜀诚来找我，希望我用雪漠阁密码联系竹飞，让他放弃调查归顺星月城。我怎会答应这样无理的要求，劝他不听，竟然跟我动起手来。纠缠之中，我扯下了他的玉珮。"

蜀亚摇摇头："不会的，竹溪。一定是误会。"

他又回到蜀诚身边，静静地看着他："蜀诚，是误会吧？"

"如果再加上这个呢？"若风从衣服的口袋里掏出一粒扣子递给蜀亚。蜀诚外套左边袖子上的扣子正好少了一颗，而这颗扣子无论是花色、形状，还是大小，都与他右边袖子上的扣子一模一样。蜀亚对这粒扣子再熟悉不过了。这件外套是他去年送给蜀诚的生日礼物。从镶边到扣子，全部都是特别订制，也就是说，这一对扣子，是漠璃国仅有的一对，扣子的背面还印有蜀亚书写的蜀诚名字的拼音缩写。

蜀亚拿着扣子，翻过来，蜀诚名字的拼音缩写真真切切地出现在眼前，而且正是自己的笔迹。他的身体颤抖起来，双手撑在控制台上。

"如果我没有猜错，在外面袭击初雨的，也是蜀诚。"若风盯着蜀诚，却在蜀诚与他眼神交错的时候，慌乱地躲开。

蜀诚的眼角流出一滴泪。此刻，他内心的痛胜过了肩膀的伤痛，他闭上眼睛，伸出手，不住地颤抖着。半晌，他才淡淡地说："如果我说不是我，你信吗？"

蜀亚没有说话，只是昂起了头，他听说，当45度望向天空的时候，眼泪就不会流出来。

"竹溪，真的是这样吗？你敢说你说的都是真话？我真想不到，你居然……还有，若风，我不知道你是为什么。但这样，你不会后悔吗？"说完这些，蜀诚闭上了眼睛，他无力解释，也不想再解释。看起来那么确凿的证据摆在眼前，他如何去自证清白？！

若风没有说话，他别无选择。

"诚。我不会后悔！"竹溪淡淡地说，"我只是很遗憾，诚，我们……可我再也不能帮你隐瞒下去了……我们，我们分手吧。我从未想过，你会忍心对我下手……不过，还是谢谢你，爱过我。"

蜀亚的心咯噔一下，原来，蜀诚跟自己居然喜欢上同一个女孩儿，而女孩儿却选择了蜀诚！

竹溪抬起头，望向蜀诚："诚，我真的很难过。"她的眼泪从眼眶中一颗颗滴下，晶莹透亮。

蜀亚的脸上，一种难以名状的神情，让初雨看得揪心的疼。

"诚，你回家吧。你父亲在等你，他想你了。"蜀亚淡淡地说，"以后，这里，你就不要来了，就待在轩辕府，不要出来了。"他揉了揉已经发酸的鼻子，在爱情和友情的双重失望下，他的心已经被碾碎。他望向了天花板，只是泪再也无法停留，依旧顺着脸颊流了下来。

无论是朋友抑或是恋人，最重要的是信任，可有些人却无限制地利用这最可宝贵的信任，一点点地消耗，直至让对方绝望。

若风没有说话。初雨也沉默着。蜀诚从椅子上站起来，对他来说，心上的伤痛远远胜过了身体的疼痛。此时的他，必须离开。初雨伸手扶了他一把，他说了声谢谢，拖着受伤的身体，一步一步，慢慢走出了指挥中心。

那个步履蹒跚的背影，似是背负了不能言说的伤痛，每一步都走得那样沉重，然后逐渐消失在渐浓的夜幕里。

蜀亚坐在指挥中心的角落，一直没有说话，只是不时重重地叹息，手边的竹咖，续了一杯又一杯。那些浓烈的咖啡因成为他今夜无法入睡的掩饰。

竹溪回了雪漠阁，初雨也回了科技院。

若风看着突然憔悴的蜀亚，心里突然地一阵疼。他都做了些什么？也许不该把那粒扣子拿出来？也许……

初雨躺在床上，听窗外的风吹过，从小时候她在蜀亚那里第一次看到蜀诚开始，到今天眼前那个遍体鳞伤的内鬼，她始终不敢相信，蜀诚会是内鬼？——他是最不可能的那个！

要不要说出来？袭击自己的其实是……可是，证据呢？

而且竹溪手里的玉珮，哥哥捡到的扣子，那么真实地在大家眼前。如果说竹溪会嫁祸蜀诚，但哥哥是绝不会栽赃给他的。一定不会。

初雨翻来覆去，再也无法入睡了。

早晨，她借口找轩辕夫人学蜀绣的针法，去了轩辕府。

"轩辕夫人，蜀诚哥哥在吗？蜀亚哥哥让我给他带个话。"从轩辕夫人房间出来，初雨有礼貌地问道。

"他在啊。昨天回来浑身都是伤，脸色也不好，上官姑娘知道是怎么了吗？"

"嘘——轩辕夫人，昨天啊有刺客，蜀诚哥哥为了保护蜀亚哥哥，所以……这段时间，他会在家养伤，只是辛苦您和轩辕大人了。"

"他是我儿子呀，哪里有辛苦一说。上官姑娘这边请……"

蜀诚打开门，看到初雨，感到有些吃惊。他侧身让初雨进了房间，顺手给她倒了一杯水："我这里没有奶茶，你将就喝吧。"

"蜀诚哥哥，我想了一夜，你不可能是那只鬼的。我一直都相信，你不是！"初雨在桌子旁坐下，看着背对着他的蜀诚。

蜀诚怎会不知道初雨对他一点儿怀疑都没有。如果怀疑他，以初雨的性格又怎会到家里来找他。

"上官姑娘，我没事。你愿意相信我，我已经很开心了。蜀诚没有什么要解释的。"他摸摸眉心的月牙，将脸转向窗外，"阳光虽然被云层挡住了，可总有洒向大地的一刻；哪怕是黑夜，也有月亮正义的光芒。从小，我就崇拜大宋好官包拯，也喜欢我这一身黑白分明的绒毛，我痛恨背叛也痛恨谎言，可今天……实在是讽刺啊！我居然成了叛徒，成了出卖朋友和兄弟的那一个！"

"可是，我知道，你不是！"初雨站起来，看着窗外那细如钩的弯月，已经是残月了，离一个月的期限越来越近。

蜀诚笑笑："不重要了，上官姑娘，谢谢你！"

"可太子呢？你忍心让他陷在对方的阴谋之中，你忍心让那个内鬼继续透露我们的信息？就算你生他的气，气他对你的不信任，可竹飞呢？他那么远……"

蜀诚深深地吸了一口气，走向床边的柜子，从抽屉里拿出半只珠花："我也和一个神秘的黑衣人交过手，她用剑刺伤了我的肩膀，速度极快，别说我躲闪不及，我连她的脸都没有看清。不过，我在打斗过的地方，捡到这半支珠花。"

初雨拿起珠花仔细看起来："好生眼熟！好像，我母亲也有这么一支！"

"这的确是宫内之物，那年王后寿辰，名匠打造了一批珠花，作为赏赐，从侍女到大臣的妻子，都有。你因为年龄尚幼，所以没有。"蜀诚停顿了一下，"也就是说，这珠花，不可能是她的。所以，不要怀疑她，好吗？"

初雨叹了一口气："你知道我怀疑她？不过，我和你一样，黑白分明。但，那个玉珮？"

蜀诚打了个哈欠，搓了搓脸："前两天，我才发现玉珮不见了。她知道这事，还陪我找了很久。"

初雨这才注意到，蜀诚的眼睛有点肿，他哭过了。

初雨明白蜀诚的难过。我最深爱的人，伤我总是最深，现实总是太残忍……人类的歌词总是能直击心底最软弱的地方。

连续几天，初雨没有再去指挥中心。她不知道怎么去安慰心已经碎了一地的蜀亚。

第十三章　生世成谜难自抑
　　　　　路遇怪人变轨迹

　　竹飞等待着夜晚的来临,一遍遍回忆到达星月城之后的琐事。竹思阁的身影又一次浮现在眼前,这个有些沧桑有些伟岸的身影让他想起了自己的父亲,雪漠阁阁主竹子剑。

　　自两年前竹岳接过查案的任务之后,竹子剑便很少入宫,终日在雪漠阁潜心研究武学。

　　这日,久未入宫的他,与竹岳一同前往,为了前几日蜀纪交予他和竹岳的一项秘密任务。事关重大,他不得不自己进宫来,将查到的线索向蜀纪禀报。

　　他和竹岳坐在殿内,等着下朝的蜀纪。这一等,便等得茶杯中的茶水,变得浅而淡。

　　蜀纪说着抱歉,从外面进来。竹子剑连忙起身说等得不久,自己也刚到。

　　"子剑,幼时我便跟随师父习武,和你在一起,算起来,你还是我的师哥了。今日突然进宫,不知是何事?"蜀纪坐在大殿中央的椅子上,笑嘻嘻地看着竹子剑。

　　"回陛下,今日特来回禀几日前您交与臣的任务。臣与犬子岳用5日时间,白天走访,晚上查阅资料,已有了些许眉目。

但还请陛下恕臣与犬子无能，我们，并没有得出结论。"

蜀纪眼珠子一转，身体往前移了移："子剑，你就说来听听，我们一起分析如何？"

竹子剑等的就是这句话。

"岳，把你查到的情况给陛下报告一下。"竹子剑转向竹岳，然后径直走到一旁的凳子上坐下。

竹岳看了父亲一眼，点点头，对着蜀纪拱拱手："陛下，蜀诚原名轩辕慎言，是史官轩辕颂迁的儿子。可家父联系过轩辕夫人，这轩辕慎言并非是她亲生。她与轩辕大人婚后并无子嗣。当然，也没有任何证据显示慎言是轩辕大人的私生子。据轩辕夫人所说，轩辕慎言是她和轩辕大人在轩辕府门口捡到的。当时，轩辕慎言身上还有未清洗干净的血迹。至于金熊珠，她未曾听说。只不过当年的襁褓里，的确有一颗金色的小球。"

这时，竹子剑站起来："陛下，巧就巧在轩辕大人捡到孩子的那天，正好是太子出生当日。而当年那日，陛下是否还记得，青竹斋曾经发生了一起莫名的大火，到今天，都没有找到起火的原因。"

蜀纪从椅子上站起来，在大厅里来回踱步："就是说，有贼人故意放火制造混乱，然后趁乱换走了太子？蜀诚就是那个被换走的孩子？那蜀亚是谁？是从哪里来的？"

竹岳暗暗佩服父亲，这些在他看来无论如何开不了口的话，让国王自己说出来无疑是最好的。

"也不一定。陛下，也许，仅仅是个巧合。收养孩子并不是什么新鲜事，那年，科技院不是也收养了两个孩子吗？我记得还是一对龙凤胎。"竹子剑附和了一句。

"是是是，我看呀，也是巧合。这几日，我想了想，那个金……金熊珠是吧？蜀诚那个，虽说在襁褓里，但也不能证明就是当初蜀亚的那个。我问过王后了，这个金熊珠本来就是有两个的。再说了，如果蜀亚不是蜀亚，那你们告诉我蜀亚是从哪里来的？石头里蹦出来的？那年的大火，兴许就是一场意外吧。"蜀纪捋了捋胡须，"我当时可能也是一时没想明白，才让你们去查。这事啊，就到此为止吧。"

"可陛下……"竹岳还想说什么，却被蜀纪打断了。

"行了！够了！难道，我养了16年的儿子，却不是我儿子？你是想问我蜀亚的金熊珠去了哪里？你是想告诉我蜀诚才是我的儿子？！"

竹岳刚想说什么，却听到屋外一声响动。他追出去，只看见蜀亚的背影以极快的速度消失在远方。

蜀亚要崩溃了！世界到底是怎么了？贯耳背叛他，蜀诚出卖他，竹溪不要他，现在，连父王和母后都不要他了吗？

他不是蜀亚，他不是太子，他不是国王的儿子，那他是谁？

蜀诚啊蜀诚，亏我待你那么好，你抢了竹溪还不够，居然还要抢走我的一切！这就是你出卖我的理由吗？

这如同暴风雨般的消息，让他的小宇宙瞬间崩塌了。

竹岳不由得为这个身份不明的太子紧张起来。国王虽然不愿再查，但根据他的了解，这件事绝不会是"巧合"这么简单。他在熊 phone99 上寻到一个名字，踌躇片刻，还是没有按下连接键。

竹子剑走出来，拍了拍竹岳的后背："担心的话，就按你想的去做。国王，也许是年纪大了，害怕改变。"然后，他朝着殿内喊了一声，"陛下，子剑告退了！"便消失在王宫的青竹小路上。

"若风，我，竹岳。"竹岳按下那个绿色的按键小声说。他还肩负着守卫紫色斗篷的任务，不能离开竹宁殿。为了避开耳目，他跳上了屋顶，一边小声讲话，一边留心着四下的动静。

上官若风本来不想接听竹岳的呼救，但想到竹飞单枪匹马闯入星月城，当是看在竹飞的面子上，接通了连线："竹飞平安。"

"谢谢。但是……"竹岳却说他此番联系是为了蜀亚,"太子殿下,他,心情可能十分糟糕,你多留心一下。"

"是因为蜀诚的事情吗?"

"你已经知道了?"竹岳虽然诧异,却也觉得在情理之中,除了蜀诚,若风大概是蜀亚最亲近的人了,"那,就拜托了。"竹岳挂断了连线。

"他是怎么知道的?"若风不认为竹岳能够知晓蜀诚是内鬼的事情。可不管怎样,已经大半天没有蜀亚的消息了,不就是去问问紫色斗篷的口诀吗,怎么去了那么久?

想起竹岳的话,若风急忙连线蜀亚的熊phone99:世人笑我太疯癫,我笑他人看不穿。嘿,我是蜀亚,有事给我留言呀!

"殿下,你在哪里?请立刻联系我。"

等待的时间总是难熬的,若风有些心不在焉了。

可这个时候,他要是离开指挥中心,似乎更不妥当。

"初雨,你去找找太子,我联系不上他了。找到他马上告诉我。"若风给初雨安排了任务。

这几日,初雨也着实想念蜀亚。她从GPS定位上看到蜀亚在青竹斋,到了却只看到蜀亚的侍从。侍从说整整一天都没有看到过蜀亚。初雨对他的话充满怀疑,一把推开他,径直闯了进去。

"蜀亚哥哥,蜀亚哥哥!"房间里,只有自己的声音,空荡荡地在回响。

"蜀亚哥哥,竹飞有消息了!"初雨试探着,却还是没有得到一丝回应。看着仿佛已经失去了温度的青竹斋,初雨心中被失望填满了。她惦念着蜀亚,尽管蜀亚的眼中只有竹溪。

当竹溪说出她和蜀诚是恋人时,看到蜀亚满脸的绝望与痛苦,初雨却多么希望竹溪能选择蜀亚啊!——我爱你,深入骨髓。如果你爱的人陪着你才是幸福,我愿意做永远隐身的那一个。

她在桌子旁坐下来,想起当日她无心的加入,却是有心地对着蜀亚说了那句"只愿君心似我心"。那时,他们几个,没有内鬼,没有怀疑,大家在一起。即便蜀亚不理睬自己,至少,他还是个快乐的蜀亚啊。

熊 phone99 在桌子上放着,旁边两个半球形的东西静静地放在那里。她拿起一个来,仔细看了看,上官家族的金熊珠!她曾经在父亲的老照片上看到过,据说这金熊珠本来有一对,可另外一只已经遗失数年,唯一的一只在王后姑姑那里。

从青竹斋出来,初雨不知道去哪里可以找到蜀亚。眼看着天暗下来,蜀亚却好似消失一样,谁也找不到,谁也联系不上。和蜀诚失踪时的情况一模一样。她有些担心了。

而竹飞却在这时联系了指挥中心。他出来了。

当他听到外面传来"有刺客"的喊声，就立刻用铁丝打开了那扇门。星辰使为了折磨他，命令3天给他送一次食物，也正是因为这样，被破坏的锁芯才没有被发现。

等待在小门的竹梦递给他一套守卫的制服和一把长矛，竹飞换上制服，跟随竹梦从小门出去，顺利地混入当晚巡逻的守卫之中。

夜幕笼罩之下，满城升起五光十色的焰火，熊猫们欢呼着，东方念归站在城堡的顶端，向大家鞠躬致意。熊猫们喊着：祝愿城主生日快乐！幸福绵长！

沉浸在热闹的焰火中，没有谁注意到，有两个守卫偷偷离开了。

竹飞在竹梦家换上了女仆的服装，惹得竹梦哈哈大笑："墨飞，你穿女装挺好看的。"

竹飞红着脸："为什么要我穿女装啊？"

"为了躲避一会儿可能会发生的搜查呀！哎，他们为什么抓你啊？"

"我怎么知道，问你爹去！"竹飞还是不能完全相信竹思阁。尽管他从那个地方出来了，可竹思阁月亮使的身份让他如鲠在喉。

正在满城的焰火中吃着美食赏着美景的土昂,接到一个消息,脸色突变。带上几个守卫就去了"1号房间",果然,熊去房空。

土昂回到城堡,靠近东方念归的耳朵,耳语一番。这东方念归一听,浑身一激灵,杯中的酒晃荡了出来,他看了看漫天的烟火,小声说:"你这么办……"

土昂连连点头,便告退了。

这边焰火冲天,漠璃国却只有星星点点的路灯。

蜀亚会去哪里呢?会不会去找蜀诚?初雨来到轩辕府,还是没有蜀亚的影子。

"上官姑娘,去奇幻乐园的旋转影院看一看。如果没有,就去那棵大黄桷树。"临走时,蜀诚告诉初雨。

夜里的奇幻乐园闪烁着五光十色的霓虹,玩具都安安静静地待着。旋转影院里空空荡荡,只有初雨孤单的身影。

初雨找遍了奇幻乐园的每一个角落,寒风吹得她把身上的衣服裹了又裹,可仍旧没有找到蜀亚。

"再回青竹斋看看吧,也许,他自己回去了呢。"初雨自言自语道。

走进王宫,经过那条种满枫树的小路,黄桷树就在前面。悠扬的笛声传来,是那首《诗》。她喜欢这首歌,却知道并不是为她而写。歌词中那句"假使只有一张纸一支笔，我也愿写满的是你如诗的名字。"她多么希望他能为自己而唱啊。

"蜀亚哥哥！"她喊了一声，却听到从树上跳下的声音，循声望去，一个身影闪进了小树林。

"蜀亚哥哥！竹飞有新消息！"初雨追着那身影,撒了个谎。

果然，蜀亚停了下来。可还未等初雨开口，蜀亚就说："这些消息,告诉若风表哥吧。以后,什么都不用告诉我了。这些事,所有的事，通通与我无关！我无能，我什么都不是，谁都不喜欢我。啊,哈哈,除了你,你是傻子啊,喜欢我这个一无是处,不知道从哪里冒出来的熊猫。"

初雨听得莫名其妙，再看看蜀亚那一副吊儿郎当的模样，心里的委屈一下就蔓延开来："我喜欢你？你有没有搞错？好吧，或许，我以前是喜欢你，可你看看你现在这副模样！邋里邋遢，垂头丧气！谁会喜欢你？你看看你哪点儿像个太子？难怪竹溪要蜀诚都不要你！"她一边说着，一边给若风发去了信息。

"蜀诚，蜀诚，什么都是蜀诚！你也喜欢蜀诚了是吧？我不像个太子？哈哈，我本来就不是太子啊，蜀诚才是太子呢！哈哈，我，我什么都不是！你和他们都一样，喜欢的只是太子，不是蜀亚，不是蜀亚！"

说完，蜀亚朝树林深处跑去。

初雨听得蜀亚这一通胡言乱语，小跑着跟了过去，却还是让蜀亚甩在了树林当中。

摆脱了初雨，蜀亚坐在一棵树下，周围一片漆黑，这就是他眼前的所有世界。

"太子殿下，你心情不好吗？"一个奇怪的声音从他头上传来。

抬起头，那怪声将自己包裹在夜行服内，只露出两只眼睛盯着蜀亚。

蜀亚并没有打算理他，站起身往更深的地方走去。

"你甘心放弃你现在所有的一切吗？你的地位，你即将继承的王位，还有你喜欢的女孩儿……"怪声继续说着，跳下来挡在了蜀亚跟前。

尽管个子比蜀亚矮了半个头，但在气势上，他却占了上风。

"那些本来就是他的。"蜀亚几乎已经认定，蜀诚才是真正的太子，而自己不过只是一个替代品，虽然心有不甘，可他能怎样呢？

"不，太子。你才是太子。这么多年来，你一直是太子。这些，所有的一切都是你的，甚至，你还可以拥有更多！当你有一天走上王位，当上国王，漠璃国的每一寸土地都是你的！"怪声变得柔和，可每一个字都像是雕刻在蜀亚的心里，痛且无法抹去。

自己对蜀诚那么好，却只换来了背叛；自己对竹溪那么好，却只换来了漠然；就连初雨，刚才也说出自己的一大堆"不如蜀诚"。现在，没有了太子的光环，自己就什么也不是，真的一无是处了……

蜀亚沉默着，身体微微地抖动着，他的声音颤抖着："你是谁？你怎么知道？"

"太子，我是谁并不重要。至于我怎么知道，太子你想想吧。竹子剑、竹岳和国王谁会外传这件事呢？竹子剑已经多年都未曾过问宫中之事了。而我想说的是，就算你真的不是太子，那又如何呢？我们每个人都无法选择出身，但是我们可以选择未来。你的未来就在你的手里！这是上天给你的机会，是不是太子，你自己说了算！相信你曾经听过这句话：你认为自己是什么样的人，就将会成为什么样的人！只要你坚信你是太子，你就是太子！"

话音刚落，那个怪声跳上树，倏地就融入夜色中，消失不见了。

的确，蜀亚曾经多次听若风说起过那句：你认为你是什么样的人，就将会成为什么样的人。

第十四章　遇子峥脱离险境
　　　　　疑子焕从中作梗

东方念归的生日庆典还在继续，星月城还沉浸在欢乐当中，而竹思阁已经悄悄从群臣中溜走了。

收到墨飞已经安全回到月亮湾的消息，他也立刻回到家中，心中却是喜忧参半。欣喜的是墨飞的平安，担心的是自己是不是太过于草率——还没有查清墨飞的来历，就冒如此的危险把他救出来还藏在家中。万一被土昂发现，一定会给自己添加一个罪名，被抓进去。

可事已至此，只能走一步算一步。

换上睡衣，竹思阁从房间出来，咳了两声。竹梦早知道父亲要和墨飞单独聊聊，便伸了伸懒腰说困了，起身便要去睡觉。墨飞有些不好意思再待在客厅，也说困了，却被竹思阁叫住了："墨飞，我想跟你聊聊，有时间吗？"

竹飞心想，我能说没时间吗？迟早得问，来得晚不如来得早："月亮使大人，墨飞有时间。"

竹思阁摆摆手："你要是愿意，叫我一声叔叔就可以。"

竹飞点点头，冲竹思阁挤出一个笑容："叔叔。"

竹思阁在竹飞对面坐了下来。

"我觉得，你挺像我的一位故友，只是我与他已经多年未见。"竹思阁给竹飞倒了一杯茶。

竹飞并不敢放松警惕。毕竟，对面坐着的是星月城的月亮使，据说，是比星辰使还要高级的官员。但这高级官员搭讪的水平也太低了。

竹飞笑了笑，说自己大众脸，时常遇到有熊猫说见过他，这次被抓，大约也是大众脸惹的祸。

竹思阁笑起来，装作随口问了一句："花园里的飞船真的是你的？"

"其实，是我偷的……"竹飞决定撒个谎。

竹思阁点点头，给竹飞把杯中的水续上。门外却传来了急促的敲门声。

"月亮使，月亮使，快开门！"是土昂的声音。

竹飞蹭地站起来，神色紧张地看着竹思阁："你，你……"

竹思阁却示意他"嘘——"，然后把竹飞推进了卫生间，小声告诉他把衣服全都脱下来，挂在卫生间门外。竹飞别无选择，只得照做。

竹思阁一边打着哈欠，一边打开门："哦，是星辰使啊！你看，我都躺床上了。这么晚，什么事，劳您亲自出动啊？"

"有嫌犯越狱了！不知道你有没有看到什么可疑的踪影

呢？"土昂说着，就进了门，身后还跟着几个手持长矛的守卫。

竹思阁做了个扩胸运动："没有，还真没看见。我这不一回来，就待家里了。"

"那就不好意思了，可城主的意思是，全城搜索，所以……"

"啊，没关系，没关系，我给你们带路。"竹思阁走在前面，敲了敲竹梦房间的门，然后打开，"星辰使大人，您看，这是小女竹梦。"

土昂探着头往里面看了看，对着竹梦挥了挥手，便退了出来。他又让守卫们去了其他房间，依旧没有发现。

然后，竹思阁带着他们来到了卫生间门口："小熊，星辰使大人要搜一下卫生间，你快一点。"

卫生间里哗哗的水声不断，一阵娇滴滴的声音传来："星辰使大人，月亮使大人，稍等，我很快就好了。"

"星辰使大人，这个是给小女新请来的女仆，你看我长期不在家，竹梦她母亲呢，去年就不在了，请个女仆帮着给她做做饭，我也能更好地协助你工作啊！"

土昂又在竹思阁家里里里外外转了两圈，没有什么发现，就离开了。

竹飞这才穿上衣服，回到了客厅。

"你为什么救我？"

"这些年，他们抓进去的所谓疑犯，没有一个是有罪的。看谁不顺眼就抓，谁不听话也抓。但没有谁是受过刑的，除了你。你到底……"

"我偷了飞船。真的谢谢你救我！"竹飞是真正感激竹思阁，却不敢对竹思阁表明身份。

"可那飞船可不是星月城之物，你到底……"竹思阁幽幽地说，眼神看向竹飞，盯着他的双眼。

竹飞皱着眉头，他不知道竹思阁到底藏着怎样的心思。他沉默着。

"你到底是从哪里来的？漠璃国吗？"竹思阁突然凶悍起来。

竹飞往后退了退，撞到了椅子上，惯性将他推到椅子上坐下，他猛地站起来，一拳冲向了竹思阁。

竹思阁稍一闪身，躲过了竹飞的拳头，又一拳由下至上打在了竹飞的肚子上。

这一击让竹飞感受到了力道，便也顾不得竹梦的救命之恩，开始反击。

竹思阁却发觉竹飞的武功路数特别熟悉，而竹飞也感到竹思阁的招数似曾相识。

竹飞一脚踢在竹思阁的胸口，竹思阁毕竟不再年轻，连连退了几步，倒在了沙发上。

"谢谢你救我出监狱。后会无期！"竹飞开门就要往外走。

竹思阁太清楚竹飞的武功了，既然都冒险救了他，何不冒险对他摊牌？也许，这是他这辈子还能活着见到的唯一的家乡人了。

他叫住竹飞："墨飞，你认识竹子剑吗？"

"你到底是谁？"竹飞转过身。他没有想到在星月城还有人会认识他的父亲。

竹思阁并没有回答他，而是轻轻哼起歌来："琉璃山翠竹长新笋，漠翠河清澈入海奔，山水一程风雪又一程，故人盼君踏归程；雪漠峰燃指航灯，漠璃城内又是春，冬去春来花开又一年，月下再无离别人。"

这首《漠璃谣》竹飞再熟悉不过了。

"你是……你是……竹子峥将军？"15年前因为调查盐竹消失进入太空而失联的将军的姓名闯入了竹飞的脑海。

竹思阁微笑着点头："那你呢？也是雪漠阁的吧？跟子剑什么关系？你的一招一式，跟他太像了！"

"我叫竹飞，竹子剑是我的父亲！"

"啊，你是子剑的儿子？小儿子？哎呀，让我好好看看！像，真像，你比你哥哥更像子剑。"竹思阁老泪纵横，不住地点头。

提到漠璃,竹飞打开了话匣子,告诉竹思阁国王一直惦念着他。

竹思阁噙着热泪:"15年啊,什么都变了。我老了,名字也改了,但我这颗心没有变!我是武者,我永远忠于我的祖国!"

他深吸了一口气,擦了擦眼角的泪珠,轻声问:"这次又上来,是有什么新任务?"

"盐竹。"竹飞回答,"这些年,盐竹一直在丢,您到这里这么久,盐竹跟这个星月城有关吗?"

"难道,你们没有收到过我发出的信息吗?"竹子峥很是奇怪,"我当年一直在往漠璃发送信息,却一直没有得到过回复。我等了一年又一年,什么消息也没有。"

"那,盐竹是他们偷的吗?"竹飞突然想起在房间里的竹梦,降低了声调。

竹子峥很肯定地点了点头,把这些年他在星月城了解到的关于盐竹的事告诉了竹飞。

那些信息,竹飞从未耳闻。也许,从来就不曾有谁知晓吧。

不了解就会恐惧,不知道就会担忧,盐竹年复一年地丢失,蜀纪的年龄越来越大。作为国王,谁也不想在自己的时代留下未解的谜题，再次听到盐竹丢失的时候，他终于顾不上什么儒雅与高贵，大发雷霆了。

如果当年这些信息能顺利地传回漠璃，也许就不会有这么多年继续丢失盐竹的事件，也不会有竹飞这一次的冒险。

在竹子峥深刻的记忆中，他在到达星月城的第 4 天，听到过漠璃国传来的模糊不清的谈话声。基于这一点，他坚信上官泓的通讯器不可能出问题，一定是别的地方出了什么问题。

"竹飞，我得好好捋捋，这中间肯定有问题。你先休息吧，明早我们再聊。"竹子峥站起来伸了伸胳膊，活动了下脖子，毕竟他也不再是 15 年前那个意气风发的少年了。

竹飞点点头，目送着竹子峥离开。

竹子峥转头对他一笑："对了，他们不会再回来搜了，你这身女装，可以暂时不用穿了。但是你千万不要随便出门，到处都是土昂的守卫。"

竹飞低头看看自己的女仆装，有点儿尴尬地笑了。

"叔叔，那个轩辕望川，信得过吗？"

"哦……放心！信得过。当年要不是他，我也是坐牢了。明天再告诉你。快休息吧。"

回到客房，竹飞打开通讯器，将找到竹子峥的消息告诉了指挥中心。

"真的吗？"若风还是一如既往地谨慎，"竹飞，我一定会让你们两个一起回到漠璃。"

竹溪已经重新回到指挥中心，听到这个消息，露出了久违的笑容。

可初雨怎么还没有回来？离接到初雨的信息已经快一个小时了，若风望向门外，初雨低着头走了进来，一脸哀伤。

整整一夜，初雨没有说过一句话，指挥中心的空气显得凝重。

雪漠峰上，幽幽的笛声响了一夜。

"我们不能选择出身，但可以选择未来。"神秘人的话一直响在蜀亚的耳边。

阳光终于穿透云层照进来，但蜀亚的头顶乌云却布满了天空。他需要做出一个决定了，一个自己的决定。

竹飞被第一缕阳光唤醒，睁开眼睛，竹子峥正坐在他的床前，看着他傻笑。这么多天了，他终于睡了一个舒服安稳的觉，在那张柔软的带着青草香的床上。

"哈，没吓着你吧？"竹子峥看着竹飞的模样，想起自己正值盛年时，初到星月城的样子。

竹飞点点头又摇摇头，跟竹子峥问了声好，急忙坐起来穿衣服。

竹子峥带着竹飞进了2楼的一间房间，房间布置得简洁雅致。竹编的蒲团放在竹制地板上，一张小木桌摆在两个蒲团之间，上面放着茶点。房间的一角，精致的香炉燃着幽沁的熏香。

竹子峥给竹飞的杯子里加了一小块盐，笑盈盈地对他重述了他与漠璃失联的过程。

"那年，我们的装备还是很完善的。至少，我的飞船跟你的，在基础上是一样的。我奉命来调查盐竹失窃的事情，途中飞船变了航向，来到了这里。比较倒霉的是，我的飞船受损比较严重，刚到这里的时候，就基本无法使用了。当时，这里还不像现在这样繁华。我很快就找到一个守卫的工作。然后，我开始向漠璃发送信息，一直没有回音。我以为是通讯器出了问题，却在一天晚上，很偶然的，听到那边传来声音，很微弱的说话声，没有听清楚。我马上喊着那边，却什么声音也没有了。"

竹子峥回忆起那些过往，如同电影片段一样在眼前浮现。无论他怎么呼叫，发回多少信息，漠璃都没有回音。直到通讯器的电量完全消耗，星月城又没有匹配的充电器，竹子峥与漠璃国彻底失联。

竹飞来不及叹惋，就听竹子峥说起这次竹飞被抓的事情——和他们的判断一样，一切都不是偶然。

在竹飞出发之前，土昂和东方念归就有了部署，开始发布竹飞的通缉令。

"也就是说，漠璃一定有星月城的间谍，不断地向东方念归透露你们的每一步行动。"

竹飞心里暗暗庆幸发现得早，已经把如雷软禁起来。可竹子峥却摇摇头，间谍另有其人！

"我猜是竹子焕！"竹子峥说。

"谁？"竹飞眼睛眉毛都挑了起来。

"竹子焕！当年负责与我联系的熊猫就是竹子焕。整个雪漠阁，只有他知晓 X 任务。国王一直很信任他，因为他救过国王的命。"

"是，他也救过太子。可太子并不喜欢他，也许因为这样，他才把这件事推给太子，想让他难堪吧。可没想到，为了让太子输，他竟然做出这样的事。"竹飞觉得太不可思议了，原以为竹子焕只是狡诈了些，奸猾了些，却没有想到，他竟然是……

那竹子焕潜入竹宁殿就是为了偷紫色斗篷了！还好已经被抓了。否则，真是不堪设想。

竹子峥听到竹子焕因偷窃被抓,摇了摇头:"不对,一定还有哪儿出问题了。而且他把这件事推给太子,可能还有别的原因。"在他的印象中,竹子焕不可能犯如此低级的错误,将自己陷于囹圄。

而关于轩辕望川,竹飞在故事里听到了一个有情有义的汉子。

轩辕望川文武双全,但走了文官的路。老话说:文死谏,武死战。轩辕望川发觉城主变化太大,而且越来越无心星月城的发展,并且推崇奴隶社会的治理方式。竹子峥在一次会议上,说起应该停止每年从漠璃抢夺盐竹,遭到城主强烈反对,并下令要把他抓起来。轩辕望川在此时站出来,说所有的想法都是他的,竹子峥只不过是帮他说出来而已,一人扛下了所有罪状。之后,他的儿子就由竹子峥照顾。为了让他和儿子能经常见面,竹子峥把他的儿子安排进了监狱,便是守卫轩辕哲。只是他们一致对外宣称,那是轩辕望川的远房亲戚。

竹飞接通了指挥中心:"我是竹飞,有重要消息。"

初雨急忙凑到通讯器前,生怕漏掉一个字。也许只有竹飞能够帮蜀亚了。

"我建议突审竹子焕!"竹飞告诉初雨。

"突审?"若风凑了过来,"他已经被姑父点了哑穴,又喂了药,说不了话。"不过,可以让他写吧。

若风让竹溪随他一起去突审竹子焕。竹溪却说,根据回避制度,竹子焕是自己的师父,她必须回避。于是坐在那里不肯动身。

"我去吧。"蜀亚回来了,憔悴了许多,"初雨,你跟我去吧。"

初雨点点头,对着蜀亚笑了。

看着不肯动身的竹溪,再看看任何时刻都愿意跟随自己的初雨,蜀亚感慨万千。这几日,他仿佛看遍了生命的波折;而昨夜那个神秘来客的话,更是在他的心中掀起了波澜。

并肩走在冬日晨光下的街道,蜀亚不时转头看看身旁面色还有些苍白的初雨,一袭白裙的她身上似乎闪耀着最美的光芒。

第十五章　突审子焕无所获
　　　　　初雨力挺蜀诚忠

多年来,漠璃国都夜不闭户,路不拾遗,监狱已经多年未曾启用。竹子焕成了这么多年第一个进入监狱的熊猫。

竹子剑本不打算重开监狱,但国王执意要将竹子焕关押入监。

走过两边都是灰尘的小路,蜀亚和初雨看到了落魄至极的竹子焕。

"竹子焕,我们现在怀疑你与盐竹丢失一案有关,请予配合。你可以不说,但会给你纸笔让你写,你所写下的一切,将来会成为呈堂证供。"

竹子焕冷冷一笑,接过初雨递给他的纸笔写下几个字:"欲加之罪,何患无辞!期限将至,随意交差?"

初雨问他为什么将竹子峥的消息隐瞒不报,他沉默着,写了"无可奉告"四个字。

接下来,不管蜀亚和初雨再怎么问,他都不再写字,只用无声的静坐来回答他们,眼里却看不见蜀亚认为该有的绝望。

他们离开监狱后,一个身影也随后离开进了王宫。

"昨天，你去哪儿了？竹子焕的事，你真的不打算告诉国王姑父吗？"走在路上，初雨关切地问。

蜀亚望着天空，叹了一口气，并没有回答他昨晚的去向。却让初雨先回去，自己要去一趟竹宁殿。

看着初雨瘦了一圈的背影，蜀亚的心隐隐有些疼："初雨，好好休息！"他终究还是藏不住关心。那个常年一袭白裙的女孩，不知道从什么时候起，也许就是在这一刻，也许是在以前的某个时刻，在他心里的位置不一样了。

竹岳像以往一样守在竹宁殿，看到蜀亚过来，他迎了过去，可蜀亚却故意避开了他。神秘人能知晓自己的生世，不是竹岳多嘴还能是谁？

竹岳有些尴尬，想不明白是哪里得罪了蜀亚。

"父……"蜀亚打了自己一嘴巴，父什么父，真没出息。

"陛下！蜀亚有要事禀报！"蜀亚喊着就进了竹宁殿。

大厅内空无一人，只听蜀纪的声音从书房传来："过来吧，我在书房。"

蜀纪坐在书桌前，已经给蜀亚准备好了沁翠之心。那个微微笑着等着蜀亚的蜀纪，不是一个威严的国王，只是一个父爱爆棚的寻常人家的父亲。

"刚才叫我什么？"蜀纪依然微笑着。

这样的和蔼，让蜀亚有些不太习惯。尽管，在他的成长中，父亲一直是和蔼可亲的；只是近几年，随着他年岁的增长，父亲越发有些恨铁不成钢，偶尔会凶他几句。譬如这次盐竹的事情，就是父亲凶出来的。

蜀亚没有回答，抠抠头，笑了笑。

"还真不想当我儿子了啊？"蜀纪指了指书桌对面的椅子，让蜀亚坐下。

"你这个脑袋啊！我养了你16年，你是谁我会不知道吗？"

这些话让蜀亚觉得很温暖，可父亲是真的相信自己吗？如果相信，当初就不会让竹岳去查了吧？

蜀纪打开抽屉，拿出一个木匣子，里面放的正是一颗金熊珠："这个珠子，本就是一对，只是有一只多年前就遗失了，蜀诚的，也许就是那颗吧。"

父子俩正聊着，上官雅走了过来："这珠子当年你出生就放在你的襁褓里，可是后来不见了。当时另一颗珠子已经失踪了百年，谁也没有想到那颗珠子会到了轩辕府。多亏了修彦，是她找到这珠子的。"

上官雅拿起珠子交给蜀亚，却手上一滑，珠子掉到了书桌下面。蜀亚弯下腰去捡，看到珠子还完好无损，却沾满了灰尘。

竹宁殿怎么会有这么多的灰？再一看，蜀纪的脚边也布满了尘土。这些土……

蜀亚顺手就把金熊珠揣进了兜里，随口问了一句："父王，您也别总待书房里，又看了一上午吧？老书虫！"

蜀纪大笑起来，一面说着蜀亚没大没小，一面又感叹年龄大了不愿出门只愿与书为伍了。他饱含深情地看着蜀亚："太子啊，你也16岁了。盐竹的事呢，能查则查，不能查我们也不勉强。那日，竹子焕和你王叔都在那里，我不把事情交给你，下不了台阶啊！你赶快想个办法，把竹飞弄回来。那边什么条件，能答应都答应。"

提起竹子焕，蜀亚想起此番来竹宁殿的目的。他把竹飞找到竹子峥，他和初雨审问竹子焕的事——告诉了蜀纪。

蜀纪点点头，满脸慈祥："我都知道，乖孩子。这段时间，你真的长大了，也越来越能独当一面了。那个，蜀诚……"

原来父亲心中还是惦念着蜀诚，对我这么好，只是为了知晓蜀诚的情况吗？那金熊珠到底又是怎么回事？如果金熊珠真的有两个，为什么消失那么久现在才突然冒出来，只是巧合吗？

自从那天在竹宁殿外听到蜀纪的咆哮，蜀亚对所有关于蜀诚的事都敏感起来。他没有回答蜀纪，只是淡淡地说了一声：

"我走了。"

也许,是时候去看看那个背叛了国家、友谊、爱情的家伙吧。

走出竹宁殿,竹岳拦住了他:"殿下,竹岳不知有何得罪?"

蜀亚冷笑一声:"竹将军,作为武者,是不是该先管好自己的嘴呢?关于我的生世,在没有确切的结果之前,你是不是该守口如瓶呢?"

面对蜀亚的连问,竹岳懵了。他未曾告诉过任何人,这件事,除了父亲和国王谁会知道?父亲不会外传,国王更不会外传了,究竟是哪里出了问题呢?

竹岳不喜欢把问题留成悬案,蜀亚也不喜欢把事情拖到明天。

蜀亚去找蜀诚的时候,竹岳也开始暗中寻找着告密者的踪迹。

从王宫到轩辕府,不算长的一段路,蜀亚走了好久。他站在路边,东方大舞台上正上演着新戏《狸猫换太子》。

难道,我就是那只狸猫吗?蜀亚钉在舞台前,挪不动步伐。他不知道,舞台旁百里香茶楼的一扇窗户里,有双眼睛正看着他。

"好!"观众们突然热闹起来,拍手叫着好。

舞台上早已换了人间。

一张张脸随着剧情的发展变换着，唱着不同的声调，演着不同的感情。

戏台上的脸变幻万千，可人的心却更是多变。

走出拥挤的熊猫群，蜀亚一步步朝轩辕府走着，夕阳下，他的身影显得那么孤单——那个变了脸也变了心背叛他的，曾经是他最好的朋友啊！

终于走到轩辕府门口。

蜀亚来来回回走了几十遍，始终没有敲响那两扇紧闭的门。眼前不断浮现他和蜀诚从小到大的点点滴滴：蜀诚带着他买冰糖葫芦，蜀诚给他当马骑，蜀诚不顾自己在河里把他顶起来……

想起的全是蜀诚的好。可回忆再美好，也抵不过现实的残忍。

纠结半天，还是狠不下心跟他当面对质，算了吧。

蜀亚正准备离开，门从里面打开了，是轩辕颂迁。

"殿下，怎么好久没有见你了？蜀诚也在家待着不出门，他惹您生气了？"轩辕颂迁小心翼翼，生怕儿子得罪了太子，前途无望。轩辕家世代为官，从不奢求大富大贵，但也盼着饱暖安康。轩辕颂迁自己虽无子嗣，但上天给了他蜀诚，就是让他老有所依啊。所以,蜀诚一定不能有事。

前几天蜀诚浑身是伤地回来,然后再也没有出去,他就心生疑虑,可儿子大了,他也不便开口问,生怕起了反作用。

刚想着出门去给蜀诚买点小零食,开门就遇上了太子。

见太子支吾着不肯回答,轩辕颂迁更是笃定是蜀诚得罪了太子:"殿下不要怪罪,臣教子无方,待臣好好收拾他。"说着就挽起袖子,转身朝府内走去。

蜀亚连忙追上去拉着轩辕颂迁:"轩辕大人,不是,蜀诚他,没有惹我,就是最近吧,我又去奇幻乐园看电影了,就给他放假了。哈哈,这不刚回来,我来找他。"

轩辕颂迁皱起的眉头舒展开来:"啊,这样,那我就放心了。他在他的房间呢,我就不打扰你们了。臣告退。"

轩辕颂迁刚刚离开,蜀诚房间的门就打开了。他站在门口,看着院中的太子:"殿下,你来了。进来坐。"

这语气,像刚从冰箱里拿出来的纯净水,又冷又淡。蜀亚有些不习惯,却又不得不接受。

走进那间他曾数次留下欢乐的房间,屋里的陈设都还那么熟悉,蜀诚也还是那张熟悉的脸。

两个曾经共过生死的兄弟,此刻都沉默着。蜀诚不知道说些什么,蜀亚不知道如何开口。空气里只剩下呼吸,那彼此早已熟悉的呼吸在此时却是那么局促。

蜀诚从书架上随手拿下一本书，心不在焉地翻着，眼睛却看着蜀亚。他不想为自己辩解一句，蜀亚若是相信他，自然不用他解释；蜀亚若是不信他，纵他百口也是莫辩。

"那个……竹子焕……你……"蜀亚打破了沉默，却是语无伦次。

蜀诚合上书，依旧用那种又冷又淡的语气说："殿下，你究竟要说什么？"

竹子焕在竹宁殿行窃的事情他早已知道，蜀亚过来轩辕府找自己，必定也是经历过一番挣扎。

蜀亚自己取了一杯水，一口气喝完，然后一口气把竹子焕是间谍的事情说了出来，在讲完的一瞬间，他突然就轻松了。

"他什么都不肯说。"蜀亚凝视着蜀诚的双眼，带着一丝企望。他盼着蜀诚念在昔日的情分上，将自己知晓的事情和盘托出。

蜀诚冷笑一声："所以你来找我？殿下你已经认定我是那个出卖你的人？"

本以为这段时间过去，蜀亚会想明白到底是怎么回事，可现在，蜀亚竟然来审问他了，只是用了一种柔和的方式而已。

蜀亚低下头，这样的局面他虽早已料到，可自己根本无法承受。他的潜意识里,有两个蜀诚:一个仍旧是他出生入死的兄弟,是他最可信赖的伙伴;一个则是比舞台上的变脸还变得快的伪君子和内鬼,背叛兄弟和国家,甚至还要抢走他的地位、他的王国、他心爱的姑娘。

他沉默着,忍受着内心的煎熬。也许到了正面交锋的时候?潜意识里的两个蜀诚,后者得意地笑起来。蜀亚满腔的愤怒开始燃烧,他气愤蜀诚的冷淡,更气愤蜀诚的背叛!他甚至就要对着自己的兄弟举起拳头。

突然,敲门声传来。蜀诚看了蜀亚一眼,慢慢走过去,打开门。初雨一袭白衣亭亭玉立地站在那里,怀里抱着满满一袋鲜盐竹笋。

她笑盈盈地把口袋交给蜀诚,这才看见屋里的蜀亚。

"蜀亚哥哥,你怎么在这儿啊?"

蜀亚皱了皱眉:"这话该我问你才对吧。你怎么在这儿啊?不好好养伤!"

蜀诚一侧身,初雨很大方地走进了屋子,很坦然地告诉蜀亚她是来给蜀诚送竹笋的;而且,她一直不相信蜀诚是内鬼。

"蜀亚哥哥,你仔细想想,从小到大,蜀诚哥哥是怎样的一只熊猫,他的品格、他的性格、他的风格,哪一点像是一只会叛友卖国的熊猫了?如果说漠璃国只有一只熊猫不会抛弃你，离开你的话，也只能是蜀诚哥哥了。"

初雨为蜀诚做的辩解，一字一句都走进了蜀亚的心。他曾经何尝不是这样想的呢？可那天竹溪的指控怎么解释？若风手里那枚特制的扣子又如何解释？蜀诚，他要怎样才能自圆其说啊？更重要的是，他还时时刻刻威胁着自己的地位，自己所拥有的一切。

"我选择不了出身，但我可以选择未来。"蜀亚又想起那句话，要捍卫住自己太子的地位，就要趁着国王现在还相信自己，坐实蜀诚是叛国贼的证据。没有谁会认贼作父，更没有谁会让一个贼成王。

没有理会初雨，蜀亚哼了一声，离开了轩辕府。这次，初雨没有跟过去。

权力和地位的欲望一瞬间占据了蜀亚的大脑，他不再是那个昏庸贪玩的蜀亚，他要证明，自己才是漠璃国将来的国王。

从初雨的讲述中，蜀诚知晓了这几天发生的事情。他感激初雨这样无条件地信任他。在这种时刻，选择明哲保身，站在太子那一边，没有谁会怪罪她、记恨她，可她仍旧愿意相信他。这是多么善良的姑娘啊！

初雨离开的时候，留了一只刚刚通过试验的第 11 代熊 phone99 给蜀诚。里面存储了所有可能需要的号码，而且已经匹配了蜀诚的智博库。

看着那个有些娇弱的背影消失在夜幕中，蜀诚的眼眶有些湿润了。太子啊，你可千万不要辜负了初雨的心意啊！

若风和竹溪守在控制台前，几乎沉默了整整一天。两只各怀心事的熊猫，生怕自己的一句言语、一个表情引起对方的注意，只能以沉默、尴尬和微笑彼此相对。

他不是！竹溪收到这条3字信息的时候，心里冒出来一串串问号。那他为什么这样做？对他有什么好处？

"你……"

"你……"

他们几乎同时转过头看向对方，彼此欲言又止。

那日对蜀诚的指控，他们曾那么默契，而这种默契恰恰成了他们心中疑惑的源头。

再次想起那个下午，若风第N次为自己的行为感到难过，甚至羞耻。可开弓没有回头箭，既然已经走了99步，蹒跚着也要走完那最后的一步。

今夜，就可以拿回那个让自己不能随心而行的东西了。以前的错误也只能靠以后来弥补。

月儿已经高高挂在天空，可初雨和蜀亚，怎么还没有回来？

约定的时间快到了，若风看着控制台上的计时器，秒数不停地跳动，他心跳也越来越快。

"竹溪，我出去一下，很快就回来。"终究他还是等不及要去赴那个约会。等拿回那个东西，他就可以做回自己了吧？

若风刚走，竹溪便取下耳环，小声说了一句话。既然若风不是自己的队友，那就要像提防蜀诚一般防着他。

只是她未曾想到，当她在提防若风的时候，若风也在警惕着她。走出没多远的若风，回过身悄悄在门上贴了一个隐形摄像头。

"你终于来了。"那个怪异的声音在若风身后响起。

19天前，若风收到的那封信，正是来自这位神秘的来客。他在信中约若风在百里香茶楼见面，信里还夹了一张若风在锦官城执行任务的照片。

见面时，神秘人手中居然有11张若风的照片，而正是因为照片中的事情，若风和同去执行任务的竹岳闹了矛盾，也和父亲发生了不愉快。

"想拿回照片可以，你得……"对方提出的条件却是让蜀诚不能再调查盐竹之事。

"休想！"若风出手与那个将自己逼迫到了牙齿的神秘人纠缠起来，几个回合下来，也没有分出胜负，甚至，对方的武功比他还略胜一筹。

无奈之下，若风只得答应了这个无理的 7 日之限——7 日之内，让蜀诚不再有机会参与到盐竹事件中。

若风曾经怀疑过来者是竹岳，但那身形确实比竹岳矮小了许多，并且竹岳并没有这样做的动机。

他也悄悄到"上善若水"打探过，可谁都没有见过那个神秘人。

没有办法，自己选择的路，再荒谬也只得走完。

终于到了换回自由的时候。

再次听到这个声音，若风转过身，直接要神秘人交出照片。

"没问题！我说到做到！照片没有备份，全在这里了！"说完，他丢下一个纸包，用极强的轻功，几秒就消失在竹林上空。

照片中，若风又看到了那个熟悉的身影，他无眠了。

两个月前，他还在锦官城。

那日，他骑着自行车穿行于桂花飘香的街道上，却因没有戴眼镜不小心在拐角处撞倒一位身着红衣的姑娘。只是在扶起姑娘时多看了一眼，从此再也无法忘掉她的容颜。年轻的上官若风在另一个世界撞见了初恋，却忘了自己本不是这个世界的人。而漠璃国自古以来，就定下了"不与外族通婚恋"的规矩。

为此，竹岳提醒了他多次，并坚持不随若风去跟姑娘见面。就此，任务结束闹得不欢而散。

望着天空那轮快要圆满的月亮，若风又想起了她。她还在等他吗？同一轮明月下，她能否感受到他的思念？

第十六章　月中探秘思故乡
　　　　　竹飞救梦再入牢

此时，竹子峥带着竹飞登上了悬在太空中的明月。

从漠璃国望去，并未圆满的月，依然洒下了一地清光，映着雪，也映着愁。是若风的情愁，也是竹子峥的乡愁。

浩瀚夜空，皎洁明月。那道每逢中秋便在漠璃国一闪而过的白光，正是来自于月亮。那是她积蓄了一年的能量，等待着八月十五那天，尽情地释放。

那些润泽的月华，在正义的心里，孕育了光明、给予、坦荡、宽容和仁慈；在邪恶的心里，滋养了黑暗、盗窃、忌妒、自私与仇恨。

15年前，作为星月城飞行器的月儿，成了他们罪恶的工具。这个世界独一无二的飞行器，却有着一个极富诗意的名字——"静夜思"号。

"这倒十分符合我们的心境啊。"竹飞笑着说，"举头望明月，低头思故乡。"

竹子峥点点头，感慨万千："月亮总是让我想起故乡，这些年，我总算懂了那句'谁见幽人独往来，飘渺孤鸿影'的含义。"

在守卫眼前晃了晃自己的通行证，竹子峥带着竹飞步入了"静夜思"号的运行中心。

里面，俨然一个水晶的宫殿。所有的东西都是水晶制成，各种颜色的水晶相得益彰，豪华而不失内涵。都说水晶具有吸收日月精华的神力，这"静夜思"号能够拥有带走盐竹的能量，也就不足为奇了。

"除了把盐竹从漠璃国带走，他们也送间谍下去。一般是幼小的孩子，在漠璃国有间谍专门接应并培养。"

这些年，竹子峥不只一次跟东方念归提出愿意前往漠璃国执行任务的请求。可东方念归总说："漠璃国之事，有专人负责。月亮使虽然很优秀，但星月城有更重要的事需要你。"

竹飞没有想到，人类一直以来都说月亮上尚未发现有生命体征的物体。他们绝对无法想象，这个千万年来一直围绕着地球公转的星体，只是星月城的一个飞行器。如果能回到漠璃，他一定要将这个重大的发现告诉锦官城。

巨大的半球形黄色水晶控制台上，一组组数据显示着"静夜思"号正在正常运行。旁边那架闪着银光的望远镜，焦点对准着那个蓝色的星球。靠近望远镜，透过长长的镜筒，竹飞的瞳孔里，映入了那转动的星球，那里有他的故乡。

竹子峥拍拍竹飞的肩膀："但愿在有生之年，我还能回到漠璃，回到我的家，去看一看。"他望向遥远的故乡，仿佛下一秒就有回家的希望。

而此时，一场危险正慢慢靠近月亮湾，竹梦正等着他们回家。

当东方念归听到竹思阁救走了竹飞的消息时，脸上的五官都扭曲了。而土昂又告诉他，漠璃国传来消息，竹思阁就是15年前的竹子峥。这更是让他竖起了浑身的绒毛，眼里居然冒出了火光。

土昂急忙凑过去："城主息怒，只要他还在星月城，我就有把握把他抓回来。"

东方念归喘着粗气，拍着胸口，大声喊着："抓，通通给我抓起来！本以为他已经死了，没想到他还活得好好的，居然就在我眼皮子底下，活了这么多年！我，我真是瞎了眼了！"

土昂领着一队手持长矛的守卫，浩浩荡荡闯进了月亮湾。

正窝在沙发上看电视的竹梦被这些破门而入的不速之客吓了一大跳。她定定神，看到气愤而凶恶的面孔，顿时便明白了是怎么回事。竹梦虽是女流之辈，可虎父无犬女，她什么时候惧怕过土昂？

竹梦站起来，客客气气地问土昂："星辰使大人，这是有事？"

土昂强压着怒火，点了点头："你父亲呢？"

竹梦耸耸肩，一脸的歉意："他没有在星月堡吗？一早就出去上班了，到现在都没有回来呢。"

土昂皱起眉头，也顾不上什么措辞和礼貌，大手一挥，一个"搜"字就混着嗓子里那口没有吐出去的痰，冲入了空气当中。

没有谁理会竹梦的阻挡，那些长矛守卫像扫荡一样，冲向各个房间。

土昂拉住竹梦不停地问她竹子峥和竹飞的行踪，竹梦却一言不发，甚至连看都不看他一眼。他感受到了那种高冷的不屑，身上的每一根绒毛都立了起来。

他从鼻孔里哼出一口气，把竹梦逼到墙角，恶狠狠地看着她："我倒要看看月亮使是不是那么心疼他的乖女儿，来，铐起来！"

一直在客厅寻觅线索的守卫跑过来，从腰上取下手铐把竹梦的双手铐在了一起。

尽管土昂在踏入月亮湾的第一刻便看出竹子峥并不在家，但他还是让守卫们把月亮湾抄了个天翻地覆，甚至花园里的秋千都被掀翻在地。

"报告星辰使，花园有发现！"

这真是个振奋人心的消息！土昂往花园跑了几步，回过头瞥了一眼竹梦，又嘱咐旁边的守卫："可把她给我看好喽！"然后转过头，对竹梦阴阳怪气地说道，"你最好老实一点儿，我认识你，这些长矛可不认识你！"

在花园看到飞船的那一刻，土昂被惊艳到了。优雅流畅的线条，明快的色彩，这是他和东方念归无法企及的。他会的，除了风暴炮弹就是屡次试验失败的飞船。

土昂把飞船里里外外仔仔细细查看了一遍便下令将飞船保护起来。这些年，他们的飞船一直无法穿透大气层，根本没有办法抵达漠璃。这架飞船，也许能有大大的用处。

回到客厅，竹梦满是泪水的脸上，还有清晰可见的掌印。美少女一哭，也是梨花带雨。可土昂并不会怜香惜玉，反而对守卫的工作表示十分满意。

他拍拍守卫的肩膀，大声说："嗯，不错，照顾得非常好！你叫什么名字？"

守卫立正敬礼一套动作顺溜地完成："报告星辰使，小的叫轩辕哲！"

"好！轩辕哲，以后，就由你来专门负责看管她！"

轩辕哲与竹梦对视一眼，眼角闪着同样的光。

竹梦盼着父亲和竹飞不要在这个时候回来，免得被土昂抓住；而她坚信，父亲和竹飞一定会把她从土昂手里救出来，有轩辕哲在，她一点也不担心自己。

可她没有想到，半个小时后，她就见到了父亲和竹飞。

从"静夜思"号出来，竹子峥望向西边的天空，那是月亮湾的方向。那里，因为有了竹梦，有了家的感觉。

门口的守卫热情地跟他们说拜拜，急切的警报声却在此时响了起来。

竹子峥与竹飞对看一眼，感觉似有不妥，便加快了脚步。

伴着他们的脚步声，燕尾服的声音在安静的夜空里传来："全城注意，全城注意，月亮使竹思阁勾结外敌，城主悬赏40万星月币，捉拿竹思阁！"

密集的脚步声，合着一声声"站住"离他们越来越近，前方也冲出二十几个守卫，拦住了他们的去路。

出自雪漠阁的高手怎可能被这些手持长矛的熊猫困住，他们背靠着背，山青色和靛蓝色紧靠着，双手在身前变换着动作。

当那些为着金钱而向他们发起进攻的守卫一拥而上时，4只手犹如弹钢琴般在守卫身上弹出了美妙的乐曲。

竹子峥虽已不复少年，但身手仍然相当灵活；不出三招，长矛们就纷纷败下阵去。

长矛守卫们哪里是他们的对手，纷纷败下阵去。

"好久没有打得这么痛快了！"竹子峥抖了抖身上的灰尘，"大家都是朋友，我也不想伤害你们，如果大家还念及我竹思阁平日对大家的情谊，请给我朋友让出一条路，再打下去，纵你们熊多势众，我们双方也只能两败俱伤。"

守卫们面面相觑，有的犹豫着要给他们让出一条出路，有的却心心念念那 40 万星月币的悬赏，想着与他们一决高下。

远处有光逐渐靠近，城中的方向开来了一辆车。伴着刺耳的刹车声，还有车胎与地面摩擦散发出的刺鼻气味，车子停在了守卫群外。

土昂从车上跳下来，打开后车门，燕尾服押着一个女孩下来了。那是竹梦！

"竹梦！"竹子峥和竹飞喊起来。

土昂朝竹子峥喊着："月亮使，你不是父爱如山吗？你这么多年隐姓埋名，甚至忍辱负重，不都是为了你的女儿吗？那就用你身边那个家伙来换你的女儿吧！我知道，我们全部加起来，也未必是你和竹飞的对手，你们可以走，但是你的女儿可就……"

竹飞感到竹子峥浑身都在发抖。

独自在外星球，返回漠璃无望，在妻子病逝这一年中，如果没有竹梦的陪伴，竹子峥兴许早已经自行了断。眼看着竹飞的到来给回漠璃带来了希望，可竹梦……

竹飞举起双手，朝着土昂的方向："星辰使大人，你放了她，我过来，我来换她。"

"竹飞，你干什么？"竹子峥拉了竹飞一下。

竹飞继续朝着土昂的方向走去："星辰使大人，你们要的是口诀，可谁能帮你们要来口诀呢？我。抓谁对你们最有用呢？还是我。竹梦，她跟漠璃可没有一点儿关系，他们会在乎她吗？想必你也是知道，我和太子的关系，你把竹梦放了，我去跟太子谈，怎么样？"

土昂冷笑一声："放也可以，但你得先把你的手铐上，你武功那么好，过来了还不把我打死？"说着他扔给竹飞一副手铐。

竹飞熟练地把手铐戴上，然后走到竹梦跟前，只简单地交代她一句照顾好竹子峥，却脚下一滑，歪倒在竹梦脚下。

他迅速站起来，转过头，看到了竹梦眼底的泪，如同秋日晴朗天空下宁静的湖泊。他靠近竹梦的耳边，轻轻说了一句话就被土昂塞住了嘴巴。

手也铐了，眼也蒙了，嘴也堵了，土昂却丝毫没有放了竹梦的意思。直到竹子峥催促他，他才慢条斯理地解开了竹梦手脚上的绳子。

燕尾服把竹飞推上车，狠狠地在他手臂上掐了一把。

土昂对着竹子峥冷笑一声，比出一个胜利的手势便钻进了车子。车灯亮起，车慢慢消失在浓浓的夜舞中。

次日清晨，竹子峥在家里给受了惊吓的竹梦做早餐，正考虑着怎么把竹飞再救出来，一阵敲门声毫不客气地响起来。

他擦擦手，打开门，几只长矛熊猫一句话也没有说，就把他抓上了车。车上，燕尾服熊猫坐在里面，他拉了拉脖子上的领结，咳了两声："月亮使，啊，不！就在今天早晨，就在刚才，城主已经任命我为月亮使了。竹思阁，你涉嫌包庇窝藏外敌竹飞，我们现在要抓你回去！"

竹梦冲到门口，却已追不上那辆带着他父亲远去的车。

车子越开越远，竹梦的视线越来越模糊。明明都是一模一样的熊猫，真的要这样互相伤害吗？

车子朝着星月城主堡前进着。等待竹子峥的，将是一场逃不过的牢狱之灾。

监狱内，那间唯一的玻璃房，放下了窗帘。竹飞与土昂面对面坐着，一边是淡然和无畏，一边则是欲望和贪婪。

没有过多废话，土昂要竹飞在48小时内交出紫色斗篷的口诀。

竹飞很干脆地点点头,却在土昂露出笑容的时候提出要放了竹思阁的要求。

土昂眉毛一挑:"他们早就回家了!哪有让我放的道理?"

"那你能让我跟他们对话吗?我就问问。"竹飞站起来,他一定要让自己手中的筹码发挥最大的作用。

土昂冷笑一声:"你认为你还可以跟我讲条件吗?信不信,我杀了你们3个!"

听到这里,竹飞往椅子后背上一靠,跷起二郎腿:"随便!如果你永远不想得到口诀的话!"

竹飞知道,只要不开口,自己和竹子峥包括竹梦都会活得久一点。可那紫色斗篷,不是一直由哥哥在守护吗?星月城为何如此笃定紫色斗篷在他们手上,只要口诀了呢?一定是哪里出了问题,哥哥永远不可能是他们的间谍。

"你——"土昂拍了一下桌子,在屋内走来走去,"好,我就看你还能威风多久!"

土昂本以为抓了竹思阁可以威胁到竹飞,让他早一点要到口诀,可竹飞的表现让他大失所望。

别以为就你才问得出这口诀,你土爷爷有的是办法!土昂眼珠子一转,此路不通,还有别的路。自古就知道,条条大路通罗马。我土昂可不是没有文化的。

随即,他提笔写了一首诗,在输入一串奇怪的代码后,按下了enter键。

"蓬头竹子上冰轮,侧看漠璃月隐神。

借问秘密遥招手,择日开战不复留。"

第十七章　孰能无过宽若风
　　　　　悔恨不及是竹溪

蜀亚回到指挥中心，与若风正好错过。竹溪的笑还是那么好看，只是蜀亚的心中不再有波澜。

沉默的时间太久，就会滋生更多的尴尬。

"蜀诚他……"蜀亚不喜欢尴尬，还是开了口。

"殿下，不要再提蜀诚了。竹溪太年轻，选错了对象。"这些话淡淡的，轻飘飘地浮在空气中，飘进了蜀亚的耳朵。

接下来，却又陷入了无尽的沉默中。

形单影只固然寂寞，双影作伴无言相对却可以更寂寞。

上官若风回到家，初雨坐在回廊的台阶上，已经睡着了。若风不忍心叫醒她，弯腰把她抱了起来，尽管他动作已经很轻，却还是惊醒了初雨。

"哥，你回来了。父亲在等你。"初雨揉揉眼睛，冲着若风露出自己标志性的笑容，脸颊的两个小酒窝可爱极了。

看着妹妹温暖的笑，若风似乎回到了童年，那个天天嚷着要他带着去荡秋千的初雨，还在撒娇。

初雨从若风怀里跳下来，轻轻推了推他："哥，快去吧。父亲在等你。"

上官泓的房间，橘黄色的灯光从玻璃窗透出来，像初雨的微笑一样温暖。

敲门，上官泓打着哈欠说请进。

若风在上官泓对面坐下，看着父亲已经困倦的脸，心中内疚起来。自己已经多久没有陪他了？

"风，竹岳来过了。"上官泓像是聊天一样，说得轻松而平淡。

若风却不由得掖了掖藏在袖子里的纸包，轻轻哦了一声。

"风，我们只要活着，就会犯错。只有坦然面对，而不是隐藏遮掩，才能往前走，才能有自己的一片天。所有的错，只是生活的一段过程，过去的就留给过去，未来的就等在未来。你不一定有错，但我希望你可以想清楚。恋爱和战斗，都需要勇往直前！"

说完，上官泓站了起来，又打了一个哈欠，走向自己的房间。他背对着若风，轻声说："不要试图用一个错误去掩盖另一个错误，有的事，还来得及。有个词，叫做将功赎罪。"

父亲，他什么都知道了吗？若风坐在椅子上，想了好久好久。

也许自己真的错了，从一开始就错了。如果坦诚地告诉父亲，就不会有后来的事情，蜀诚也不会……

若风走出父亲的书房，穿过迂回的走廊，初雨从房间推门出来，"哥，蜀诚真的不是……"

她拉住若风，想为蜀诚解释几句，却被若风的话打断了："我知道。对不起，初雨，让你失望了。"

原来自己一直以来的坚持是对的，蜀诚真的不是内鬼。初雨拉过若风的手臂，望着疼爱自己胜过生命的哥哥："哥，我知道，你有你的苦衷。"

抚着初雨的头，若风突然间热泪盈眶。自己的家人啊，是这么温暖。即使自己犯下了错误，家人仍旧会敞开那么暖那么柔的怀抱，拥你入怀，再用温柔的语调告诉你，没关系，知错便改，跟从前的自己 say goodbye。

这时，兄妹俩同时想到了指证蜀诚的她。如果说若风是因为苦衷，那她又是为了什么呢？初雨张了张嘴，却还是吞下了那些话。

"我离开的时候，贴了一个摄像头在门上。"

若风打开熊 phone99 的投影功能，这才看到蜀亚已经过去了。只是两个身影依旧沉默着。

回放着那些过去的镜头，却依旧没有发现竹溪有任何不妥。难道是我们想错了？竹溪和蜀诚之间，也许只是一个误会而已？

初雨不停地回忆，回忆那个下午，竹溪拿着玉珮，指着蜀诚说他是叛徒。

回忆另一个下午，蜀诚淡淡地对她说，不要怀疑竹溪。

她不禁怪自己，为什么不将事实告诉蜀诚。

很多时候，我们都怀疑那些信任我们的人，而相信那些背叛我们的人。

等不到天亮，若风和初雨宁愿回到指挥中心去睡觉。强烈的内疚让若风无比渴望亲手抓出那个还隐藏在他们之间的内鬼，除了竹溪，他还能怀疑谁呢？

看着从地下通道里冒出来的兄妹俩，蜀亚伸了伸胳膊："你们来了，正好，我眯一会儿。"

若风端过来一杯咖啡，让蜀亚再撑一会儿。他幽幽地说："蜀诚，他……"然后凑到了蜀亚耳旁。

蜀亚大怒："不可能！当初是你还有竹溪共同指证他是那个内鬼，你现在来告诉我不是？不，若风表哥，他一定是，绝对是！他所谓的忠诚，不过是美妙的谎言罢了！"

蜀亚这么说着，两手却在不停地摆动。是的，在他的内心里，蜀诚绝不会是那个内鬼。可他必须把蜀诚当成内鬼，否则，他的地位，他的权力，他的一切，都会因为蜀诚的存在而不再属于他。

等蜀亚安静下来,竹溪有些激动地说:"如果蜀诚不是,那就是我误会他了?还是你们认为是我冤枉他,栽赃他?若风哥哥,你捡到的扣子,怎么解释呢?"

一时间,若风不知道该说什么,只怨自己犯下了那个不该犯的错。犯下一个错误而将其隐瞒,就会再犯99个错误,以期这个错误不被发现。上官若风,真该早早懂得这个道理。

空气凝成一团,指挥中心安静得只有控制台发出的嘀嗒声。

时钟却在无声地走着,时间在无情地流逝。距离国王的一个月期限,只有一周了。

竹飞没有消息,守在指挥中心的昔日伙伴,也有了隔阂。彼此之间除了沉默,还是沉默。

那首来自星月城的小诗抵达了漠璃国,似乎还带着星月城傍晚露珠的香甜。

整整一夜,蜀纪都未曾合眼。

漠璃国监狱,路两旁的灰尘依旧堆积在那里,遮掩着已经老化的青竹小路。野草都已经枯萎,为着下一个春的到来厚积薄发。

熹微初露,蜀纪独自来到这里,望着周围略显苍凉的景象,心想,这个地方总该适合思考吧。不知道他,考虑得怎么样了呢？

"你还是不打算写下来吗？"他冷冷地看着自己旧日的朋友。

竹子焕摇了摇头，看着那个自己已经不认识了的老朋友，绝望、沧桑、苦痛凝在眼里，只剩泪水。

蜀纪愤愤然，却也只得离开。

一个身影，在他离开之后，潜进了监狱。

当他再出来的时候，阳光照在他俊俏圆润的脸上，冷峻的面容闪着正义的光芒。

谜题就要解开了，真相只有一个。

初雨的熊phone99响起一个太久太久没有听到的声音："我是一个努力干活还不粘人的小妖精……"

这个独特的铃声在一个普通的早晨打破了尴尬的宁静，蜀诚的声音在空气中悠悠荡荡：

"上官姑娘曾告诉我，她和太子一起突审过竹子焕。那天，太子也来找过我，说竹子焕什么也不说。今天，就在刚才，我和竹岳将军又去了一次监狱，见到了竹子焕。他告诉我们太多太多。最重要的是，他不是他！那日上官姑娘和太子见到的的确是竹子焕本人不假，可我和竹将军看到的却是国王陛下！关在里面的一直都是国王陛下，只是在那天你们要突审的时候，竹子焕得到消息，提前去监狱换了他。"

竹岳和蜀诚在这时走进来，竹岳问道："你们应该很明白，是谁给竹子焕通风报信了吧？"

几双眼睛看着竹溪，她早已泪流满面。

"是吗？竹溪。"蜀诚凝视着昔日的恋人。她的面庞还是那么的美好，她的眸子还是那样的清澈。曾经，她的一颦一笑都是那样的动人。

可自从那天起，她的手指向他，言之凿凿讲出那些所谓的证据，就注定了他们的爱，只是一场意外。

她脸上挂着颗颗晶莹的泪，装满了一串串的委屈。她想说些什么，却咬咬嘴唇选择了沉默。

"蜀诚，你有证据吗？有竹溪通风报信的证据吗？我可以认为你这是在报复！"

蜀亚拍拍竹溪的肩，以示安慰，然后正气凛然地将视线投向蜀诚和竹岳："竹将军，你也跟着蜀诚胡闹吗？"

对于蜀亚的反应，竹岳早有预料。他双手抱拳郑重地向大家行了一个礼，然后意味深长地看了蜀亚一眼。

"殿下，那日你在竹宁殿外听到的事情，你曾经向我提起，还有第5个人知道。但我以武者的荣誉发誓，我和父亲都未曾向他人提及半字。"

"哼！"蜀亚从鼻子里哼出一声,"难道是我自己说出去的？或者是父王？"

"国王不可能说，但假国王呢？如果你见到的那个国王是竹子焕呢？"

难怪父亲最近温柔许多，难怪突审那天早晨，他的脚上有泥土却说自己未曾出门。

竹岳带着大家重新回到了竹宁殿被盗的那个下午：

竹子焕潜入竹宁殿预备偷走紫色斗篷，却没有料到国王会返回。本想撤回去却被国王发现。于是他把国王打倒了再假扮成国王，又将国王化妆成自己的样子，并点穴喂药让国王无法说话。本来想把国王藏匿起来，哪知又遇上了来找国王的竹岳……

"后来的事，你们都知道了。"竹岳说完，从身上拿出一张手帕，"这是谁的笔迹，太子殿下，你不会陌生吧。"

看着那熟悉的字迹，蜀亚的泪夺眶而出："父王！我要把父王救出来！"他的声音哽咽着。

那一刻，16年的情感替代了一切，监狱里被折磨得面目全非的就是他的父亲。尽管，他曾经对自己充满了怀疑。可这一切已经不再重要了，16年的辛苦养育，亲身陪伴，哪一天没有沉溺在他和上官雅对自己的宠溺中？哪一天没有让他感受到来自父亲和母亲最最深沉的爱？

蜀诚拦下他："殿下，我们已经有了安排。你放心，国王会平安的。"

"你这个叛徒，这里没你说话的分儿。至于父王，我会安排。你收起你的表演吧。"蜀亚丝毫不领情，"谁能证明，向星月城出卖消息的人不是你呢？！"

蜀诚举起的手臂僵在半空，他的一腔忠诚被太子当成了表演。

"我来证明！"竹溪低声说，她纠结着，犹豫着，矛盾着，最终还是将这句话破喉而出，"对不起，是我冤枉了蜀诚，是我，是我撒了谎！"

说完，她转身跑向地下通道，瞬间消失在大家的视线里。

正当若风要去追时，蜀亚的熊phone99收到一条短讯。蜀亚伸出一只手，抓住若风的胳膊："若风表哥，等等。"然后，他望向天空，深吸了一口气，"这件事，交给我吧。"

而上官若风等人未曾意料到，这个时候的蜀亚已经不是以前那个单纯而美好的蜀亚了。从那个夜晚，神秘人出现之后，蜀亚开始了一点一滴的转变。

竹溪到的时候，蜀亚正背对着她。幽幽的茶香弥漫在青竹斋的花园。侍从早已被蜀亚支走，整个青竹斋安宁而幽静。

"这里就我和你了，你约我在这里见面，是想跟我说些什么？"蜀亚依旧背对着她。

在蜀亚开口之前，竹溪是还残存着最后一丝奢望的，毕竟她知道，他喜欢她。

但这句话从蜀亚口中到达她的耳边时，已经在空气中冷却成了一块块的冰。

她从未感觉这样冷过。

"你想告诉我你不是叛徒？"蜀亚一动不动，任风吹起他青紫色的长袍。

"殿下，我是想告诉您，他不是您的父亲！您应该听说过，我们不能选择出身，却可以选择未来。"竹溪盯着蜀亚的背影，轻声说道。

"那个神秘人，跟你是什么关系？"蜀亚转过身来，眼神愤怒而充满怀疑，还有一丝伤痛。这个曾经他深爱的女孩儿，原来他是这么不了解她，不知道她。

眼前这个美丽的女孩，越发让蜀亚觉得可怕："你说得对。但是……竹溪，你的任务暂停吧。否则，我无法向若风他们交代。还有，你就住在青竹斋吧，直到盐竹事件结束。"

风继续吹着，蜀亚不禁打了一寒战。神秘人让他恐惧，眼前的女孩儿也让他恐惧，而未来，他更恐惧。他越来越害怕失去，失去自己所拥有的一切。

竹溪望着蜀亚，用她那双清澈得宛如秋天湖水的眸子，里面映出蜀亚的脸庞。这眸子里，有一颗闪亮的东西，从蜀亚的眼角渗出。

果然，他心里还是有自己的。她没有做半分辩解，只是点了点头。也许在这里，不用再理会来自星月城，来自竹子焕的任何信息，也不用再在爱和使命中煎熬——只是，她和蜀诚，再也回不去了；而蜀亚对她，再也不同于以前了。

爱离去的时候，总是会心痛。

她的眸子里，蜀亚的身影决绝地转身而去，但她却清楚地看到了，他转身那一刻，脸颊飞出的泪滴。

她蹲在地上，哭起来。她从来没有过，像现在这样痛恨自己。

对啊，不能选择出身，却可以选择未来。而她，为什么偏偏选择了助纣为虐呢？那么好的蜀诚她不要，那么好的蜀亚她不要，偏偏死心眼听了竹子焕的话。

隐藏在她耳环里的微型通讯仪响起了竹子焕的声音，只不过是想知道他们的最新动向而已。

"没，没什么行动。不过……"她终究没有把自己已经暴露的事情告诉竹子焕。如雷暴露之后，竹子焕说过城主的意思是要让如雷永远无法说话。若不是科技院守卫森严，也许如雷早就殒命。

"没有什么不过！你是武者！遵从命令是天职。不得违抗！蜀诚那里，始终是个定时炸弹，我们瞒得了太子，可是瞒不过上官若风的！不过我也不知道他那天为什么要帮你……上头的信息你收到了吧？再弄不到东西，就要开战了。总之，你小心行事！"

回想起蜀诚的好，蜀亚的温柔以待，还有初雨那句"求你了"，再想起"择日开战"的冷漠，竹溪再也没有办法欺骗自己，她再也无法掩藏起对这个国度、对这些朋友的爱。

竹子焕还不知道自己已经暴露，还在做着他的梦。

那天若不是竹溪告诉他，蜀亚他们将对"竹子焕"进行突审，他又怎么会及时来到监狱，换出了蜀纪，蒙住了蜀亚和初雨的眼睛。

竹溪扯下耳环埋到了雪地里，双手在雪地上划出深深的印痕。她不愿意再当一个提线木偶，由竹子焕来操控了。她不愿意在别人的故事里充当一个配角了，她要作自己的主人，作自己生命中的主角。而她，必须为她的伙伴们做点什么了。譬如通风报信。

第十八章　盐竹秘密终破解
　　　　　诚再遇溪终释然

　　竹子峥被抓走以后，竹梦两天没有合眼。她和轩辕哲商量着把竹飞和父亲都救出来，却一直没有想出一个可行的办法。

　　竹梦让轩辕哲把她抓进去，至少让她能跟父亲和竹飞见一面，尽管轩辕哲总说"他们都好"，她却放心不下。

　　可她一个女的，怎么能进监狱呢？轩辕哲实在是为难。

　　他犹豫不决的样子让竹梦有些气恼："你若是不帮我，也没关系！土昂可是愿意在监狱看到我的。你信不信，我马上就能让那个臭燕尾服把我抓了去？"

　　"别啊,竹梦,开什么玩笑！"轩辕哲太了解竹梦的个性了，她一向说到做到。

　　"行行行，我帮你！今晚，你在星月堡外面等我，扮个男装，故意挑衅我,我把你抓进去。不过,你最多只能在里面待两天。"轩辕哲有些为难，却又无可奈何。

　　竹梦这才露出久违的笑脸："行，一言为定！"

　　"轩辕哲，你看这个是什么？"竹梦从首饰盒里拿出一颗葡萄大小的小球，"竹飞被抓之前放到我靴子里的。"

轩辕哲拿在手里看了又看，发现了一个小洞，又摇摇头："有点看不明白，但竹飞留给你，一定是很重要的东西。"说着，他在小洞上拍了两下。

"竹飞，竹飞，请说话，竹飞！"这两下拍打给漠璃国传去了讯号，并得到了回应。

"我……我不是竹飞。你是谁？"轩辕哲对突然传出的女声有点害怕。

竹梦却惊呼起来："这是通讯器，这一定是竹飞的通讯器！"那边一定是漠璃，是父亲的家乡，是自己的家乡。

她抓过通讯器，平复了自己的小兴奋，条理清楚地告诉对方她是谁，她父亲是谁，发生了什么事和竹飞现在的情况。

另一边的指挥中心，也为这些消息兴奋而不安。

得知竹梦和轩辕哲计划营救，初雨他们除了遥祝他们顺利，别无他法。

挂断和漠璃的联络，竹梦走到窗边，看着跟他一起长大的轩辕哲慢慢走远，拉下了蓝色的窗帘，洒满阳光的房间，暗了下来。

当太阳落山的时候，竹梦已经成功地被轩辕哲抓进了监狱，关进了轩辕望川的囚室。没有谁留意到，这个编号为9529的监狱新客是女儿身。

"新来的,哎,说你呢,9529!"轩辕哲拿着钥匙敲了敲囚室的门,"你,出去把饭端进来,给最里面那个房间的嫌疑犯送过去,记住不许说话!那可是重犯,听到没有?"

竹梦端着摆满食物的盘子慢慢走向那条狭窄通道的最深处。她不能有任何失误,这个盘子,早就被轩辕哲做了手脚。

她走在这狭小的空间里,两边囚室的门都紧闭着,有的熊猫站在门边,看着这个"新来的"去招惹那个连星辰使都毫无办法的家伙。

那条并不算长的通道,竹梦走了好久。终于走到门口,竹梦踢了一下那扇青色的门,就听见竹飞的声音说:"把东西放门口就行了。"

竹梦慢慢蹲下,把大盘子放在地上,然后,她站起来,使劲踹了门一脚。门发出哐哐的声音。竹飞转过身走到门边,只一眼就认出了那个小心翼翼的眼神来自一双刚刚熟悉的眼睛。竹飞比以往任何时刻都迅速地去端过盘子,很快就发现了藏在竹笋下面的通讯器。只可惜这里没有信号,通讯器反而成了负担。

是否能出去,竹飞早已无所谓了。他和竹子峥在"静夜思"号就达成了一致:如果不能回到漠璃,将不惜一切代价攻打东方念归。

星月城对紫色斗篷的执念也始于15年前。东方念归的儿子在一年前夭折，妻子又因为思念儿子抑郁而终。在这之后，他性情大变。一向推崇"仁治"的东方念归变得暴戾而残忍，顺他者昌，逆他者绑。寻找紫色斗篷，成为星月城每一个高级官员必须肩负的责任。

在"静夜思"号那晚，竹子峥告诉竹飞："文死谏，武死战！一个武者，要不战死沙场，便是回到故乡！"

如果回不到故乡，那一定战死沙场！

在故乡的战场上，若风打着哈欠，眼皮也开始打架，连日的不停劳作，已经让他疲惫不堪。蜀亚给他递过来一杯咖啡，初雨也给他端过来烤好的盐竹面包。20多天来，若风原本圆滚滚的肚皮瘦了好几圈。

他一边吃面包，一边叫初雨先回家休息，下午再来接班。

蜀亚有些奇怪地看着若风，有什么话不能当着初雨的面说？

初雨愣了一会儿，点点头，什么也没有说，往地下通道走去。

"从这边走吧，别走地下通道。"若风头也不抬，嘴里含着面包，含糊不清地说。

初雨也没有说话，从蜀亚身旁轻轻擦过，走出了大门。

蜀亚还没来得及问什么，若风先问起了竹溪的情况。

蜀亚小声说："她的确是竹子焕的人，已经承认了。但是，她好像已经后悔了。"

"那初雨呢？"若风追问道。

当哥哥的怀疑妹妹？蜀亚心里咯噔一下，当时，贯耳的事情，也是若风提出来的。这当哥哥的有着怎样奇特的脑回路？

蜀亚推了若风一把，说他是个神经病。

蜀亚的左心房，初雨已经悄无声息地住了进去。心脏跳动一张一弛间，她都在那里，微笑地看着蜀亚。蜀亚不想听见任何人说初雨的不是，即便那个人是她的哥哥，也是他的哥哥。

"可他们是龙凤胎啊！"

听到这个理由，蜀亚在心里骂了他100遍。是的，这个理由，他给零分。

再相似的两个人，也会有不同的人生选择。走到分岔路路口的时候，你向左，我向右，便决定了两种不同的人生。他又想起神秘人的话。他的未来，他还可以选择吗？国王被囚禁了，如果……

这个邪恶的想法刚从蜀亚的头脑中冒出来，就被他残酷地扼杀了。可是，这也许是他唯一的机会。理智稍有懈怠，冲动便占了上风。只不过竹岳居然将这么重要的事情传了出去，如果自己动手，一定会被怀疑。失去理智的时候，你便开始计划用下一个错误来掩盖即将犯下的错误了。

想到若风刚才提起的初雨，一个近乎完美的计划在头脑中形成。从不喜欢做计划的他，第一次觉得有计划是成功的前提。可是从什么时候开始，自己变成了这个样子，那个善良仁慈的蜀亚哪里去了？

天使和恶魔，永远都只在一念之间。

夜，在恶魔的召唤下，轻悄悄地来了。

5分钟前，蜀亚说去看看竹溪，离开了指挥中心。

月上三更，月光温柔而细腻，像是蒙上了一层黄纱，月光倾泻在漠璃的每一个角落。这样的月色，美得朦胧而温柔。

城中一座院落的青竹房顶上，趴着一只身着黑衣，头戴斗笠的熊猫。

他跳过一座座屋顶，在夜色中将自己藏匿。城郊，那满是灰尘的小路上，他也仅仅留下一串蜻蜓点水般的足印。

蜀纪躺在地上已经熟睡，一只飞镖从窗外飞进，划破了他的胸口。

待黑衣行者走了之后，他站起来，摸摸划破的外衣，暗自庆幸，还好，我们快了一步。只是没有想到，居然是他。

青竹斋内，竹溪在如水的月色下梳理着自己的头发。蜀诚如约而至，只是脸上多了淡淡的哀伤。

对不起。竹溪这两天想得很多，当她把那对耳环埋在雪地里的时候，就决定了，回头是岸。

当那天晚上蜀亚绝尘而去的时候，她才明白，不是所有的爱都是忠贞不渝的，不是所有的爱都是纯洁而无条件的，不是所有的爱都像蜀诚对她一样的。

她试着挽回，清爽的素颜看着蜀诚那张冷峻的面孔。那道月亮形的疤痕在夜里仿佛熠熠闪光。

"竹溪，我们都回不去了。"蜀诚伸出手，轻轻地拭去竹溪面颊的泪。

蜀诚明白，世上有很多东西是可以挽回的，譬如梦想，譬如钱财，但是不可挽回的东西更多，譬如故人，譬如岁月，譬如对一个人的感觉。

他和竹溪，从那个噩梦般的下午开始，便如同两条只有一个交点的交叉线，过了那个交点，便越走越远，越走越远。

"谁？！"蜀诚跳上房顶，看到一个戴斗笠的身影跑远，一路追过去，最终不见了踪影。那身影，实在是像极了。

斗笠熊猫一路奔跑着，眼眶里不停有泪流出。风割着他的脸，心却生生地疼。紫色斗篷的秘密，就让它随着这风远去吧。

思来想去，竹岳还是决定找找若风。与竹子剑商量之后，竹岳径直来到了指挥中心，碰上刚刚回来的蜀亚。他笑着，蜀亚的脸却僵着。

目光交错，蜀亚有些闪躲。他嚷着让若风回去休息，自己坐了下来，却一眼看到若风写下的记录：竹子峥和竹飞将会用生命去捍卫漠璃国未来的安宁。

他的心忽地就碎了。紫色斗篷的口诀啊，那是唯一可以换回竹飞和竹子峥生命的机会，自己却让这口诀只能永远埋藏。

终于忍不住，眼泪倏地流了出来。初雨在一旁静静地看着他，她曾经以为爱只是一种感觉，每个人对爱的感受都是一样的，可就在看到蜀亚眼泪的那一刻，她发现，爱是一种具有魔法的声音，不用对方说什么，只需要一点微小的动作，爱他的人就会身不由己地扑向那声音，不管那声音来自深潭还是火海。

也许她该行动了。那颗数年安静的心，终于跃跃欲试了。

竹岳给若风递了个眼色，曾经并肩作战的兄弟俩走出了指挥中心。

"原来是这样？难怪他对蜀诚……"当若风听到这段时间发生在蜀亚身上的事时，除了不可思议，还有不舍和惋惜。毕竟，那是和他一起长大的兄弟。

竹岳叹了口气："今夜，有黑衣人行刺国王。还好父亲早有部署，他提前把国王换了出来。现在我们搞不清雪漠阁还有没有竹子焕的人，只得找你了。"

如此坦诚与真挚，若风感动于竹岳对他的信任。在这样一个充满缺陷的世界里，这样真挚的朋友实在是可遇而不可求，而自己曾经并未好好珍惜。现在，正是修复关系的好时机。

"行刺的人抓到没有？是谁？"若风想知道，是谁这么急切地想要杀掉自己的姑父。

竹岳摇摇头，他知道竹子剑将刺客看得清清楚楚，只是不肯说罢了。而他们之所以能提前部署，是收到了竹溪的一串 bamboo 密码。

破译出来是：国王有难。一开始竹岳并没有打算相信竹溪的说法，毕竟她是竹子焕的人，毕竟她曾经做过伪证指控蜀诚。

竹子剑却说："宁肯信其有！"这种事不能开玩笑，便做了周密的部署，自己进去监狱换出了已经蓬头垢面的国王。却又拦下了要追踪黑衣行者而去的竹岳。

"不过，我知道不是蜀诚。"竹岳盯着若风的眼睛，不让一丝细微的表情从自己的眼前溜过。

若风何等聪明，他点点头，将前些日子所做的事情毫无隐瞒地告诉了竹岳。对待竹岳这种真挚的朋友，一定要好好珍惜。有时候，我们连对自己真诚都做不到，不是吗？

竹岳并不愿深究若风的错误，有时候为了掩盖一个错误，人们就会犯下第二个、第三个甚至第一百个错误。谁都会犯错，难能可贵的是直面自己的错误，并以行动来忏悔。

就在昨天，若风和蜀诚利用计算机千亿级的计算，对比了古今中外多种文字，终于破解了盐竹身上的花纹，的确是文字，却是三种文字的组合，除了早先译出来的小篆，还有甲骨文和巴蜀文字。蜀诚把文字拓下来，交给了轩辕颂迁。

而若风依旧被国王遇刺的事情困扰着。行刺国王的到底是谁？还是有人想杀了竹子焕，国王只是误中副车？

想起曾经离开过的蜀亚，若风浑身都不自在了。也许，只有蜀亚自己才说得清，那个晚上，到底做了什么。

"殿下，你醒醒！"若风摇着蜀亚的肩膀。初雨的座位上已经空无一人。

到底是怎么回事？初雨去了哪里，那样悄无声息？

若风和竹岳在外面的时候，到底发生了什么？蜀亚安安静静地睡着，嘴角还挂着微笑。

"我知道了。"若风在控制台上按了几个按键，"我之前在门上贴了一个隐形的摄像头，还没有取下来。也许，它可以告诉我们都发生了什么。"

监控录像中，初雨给蜀亚倒了一杯水，并没有说话，眼睛里柔情似水，一如既往。

可蜀亚喝下水之后，就趴在控制台上睡着了。

初雨取下了自己的耳环，嘴唇微动了几下，便朝着地下通道走去。

竹岳没有想到，若风也没有想到，一直在他们身边，那么懂事那么乖的初雨，居然会是内鬼！

那当初伤她的飞镖又是从何而来？

若风再一次回到了那天早晨：为了阻止蜀诚继续参与调查，最直接也对他伤害最小的办法就是绑架他。于是，他偷袭了蜀诚，却没有注意到撕坏了他笔下的那张字条。藏好蜀诚后，他返回指挥中心，却碰见蜀亚站在门口。但桌上的东西必须清理，于是冒险冲了进去。幸亏蜀亚没有看清楚，他才得以脱身。为了不暴露自己，他只得将笔记本和照片在如雷的房间拿出来，装作是刚刚找到。

若不是突然冒出的竹溪指着遍体鳞伤的蜀诚说他是内鬼，

他又怎么会拿出那粒扣子，顺水推舟？可袭击初雨的到底是谁？竹溪又是如何受伤的？如果说竹溪的伤是蜀诚造成的，那蜀诚的伤又从何而来？他伤得明显比竹溪严重啊！

其实当时竹飞或者竹岳任何一个在场，都会提出这些问题，让若风和竹溪对蜀诚的指证软弱无力。只是那时的蜀亚，根本想不到那么多。

而且，只要你说话有权威，即使是撒谎，人家也会相信你。对于蜀亚来说，上官若风就是权威。

而且，当一个人爱上另一个人的时候，她说的一切做的一切都是对的。爱如同酒，有人闻，有人饮，它才存在，它才刻骨铭心，它才让人心碎，才会在醉眼中遮住一些真实，而去相信那些一戳就破的谎言。对于蜀亚来说，那时的竹溪就是深爱。

也许，一切还不算太迟。竹溪和蜀诚可以还原那天最最真实的画面。竹岳和若风互相点点头，让蜀诚接上竹溪以最快的速度来指挥中心。

竹溪听了竹岳的一番陈述，摇了摇头："初雨，的确是我们的人。但是，从这个计划一开始，她就很明确地告诉过我，她不会做任何可能伤害太子的事。在我说出蜀诚那个谎言时，她还劝过我，只是我……蜀诚，对不起。"

竹溪的语气，坚定无比。

蜀诚看着她坚定的样子，目光中透着坚毅，那个原来的竹溪，又回来了。

"我知道，为了殿下，她愿意做任何事情，包括改变她自己。"竹溪看向蜀亚，有意避开了蜀诚的目光，她有些后悔埋掉了那支耳环，否则，她是可以找到初雨的。

竹溪的眸子依然清澈，蜀诚突然就原谅了她。原来，世间真的没有什么罪无可赦，那个让你恨得牙痒痒的人，也许曾经让你爱得刻骨铭心。

第十九章　初雨规劝有成效
　　　　　子焕悔过泪两行

初雨已经不知去向,她的熊phone99定位显示在科技院一动也不动,明显,熊phone99被她放在了科技院。

"你终于肯来与我们会合了。有什么消息吗?"声音的主人看着初雨的背影,脸上带着冷冽的笑。她的妆容很是精致,眼神中有着既热切又冷酷的复杂。

初雨转过身,很明显是哭过了。这么多年,她在科技院无忧无虑地成长,若风待她比亲妹妹还亲,在哥哥的宠溺中,她从未受过什么委屈。于是,她假装失忆,假装已经忘记了自己身上的烙印——遗忘,代表着重生。

她也无法选择自己的出身,可她选择了自己的未来。她从做一个普普通通的小女孩开始,到情窦初开,到今天愿意为了深爱的男子,赌上一把。

她知道,眼前的所谓老大,也并非是心肠歹毒之辈,她也只是奉命行事,仅此而已。

"那首诗,你也收到了吧?我看到上面有群发的标记了。"初雨并不回答她的问题,而是又抛给她一个问题。

土昂的诗,她当然早就已经收到。择日开战不复留,不就是告诉他们要开战了，再也不用留在漠璃了吗？她当然懂，只是土昂的命令对于她来讲，犹如军令不得违抗。

"你真的准备要择日开战吗？这些年，王后对你怎么样？国王对你怎么样？太子又对你怎么样？你的心是铁做的吗？这么多年，你就算是块冰，也该被焐热了吧？修彦姑姑！"

听到初雨的问话，她的身体抖动了一下。这一连串的反问直直地抵达她的内心。她来漠璃已经快20年了，一直跟在上官雅身边，从饮食到起居，几乎每时每刻都和上官雅在一起，要说彼此之间没有感情，绝对是假的。蜀纪也从未把她当作下人，太子更是跟她情同母子，毕竟是她自己一手带大的。这么多年，她一直用一个接一个的谎言，为自己赢得找寻紫色斗篷的时间。似乎已经忘记了自己是谁。

竹溪忘记了初心，自己又何尝不是呢？当年，她和哥哥来到漠璃国，肩负着在漠璃国寻根的任务，只是不知为何，国王突然变了指令。没有办法，只得听从指令，一次又一次做出伤害漠璃国的事情。

多年过去，她早已迷失了方向，甚至变得冷若冰霜。她沉默着，再一次叩问自己的心，到底要的是什么。

"也许，你的选择才是正确的。"她咬着嘴唇说道，"不过，竹溪在哪里？"

初雨皱了皱眉头，这个冥顽不灵的家伙，难道还不肯放过竹溪吗？为了他们的所谓事业，竹溪背叛自己的初心，背叛自己的朋友，背叛自己的恋人，几乎要将自己折磨致死。竹溪早知道自己的选择，却从未拆穿过，就像她从未揭穿过竹溪。她们本都是善良的女子啊。但愿她，能找回自己，带着初心归来吧。

初雨冷笑一声："你还想折磨竹溪吗？还不够吗？她和蜀诚是多么登对的一双璧人，你们……怪我自己，还对你们残存着幻想。从你用飞镖射向我的那一刻，我就该知道，你早就无药可救了！"

修彦的身体冻住了，她动也不动，那颗心脏像是停止了跳动，多么讽刺啊！

初雨怎么可能知道，那支飞镖如果不是修彦有意射偏，怎会从她的手臂一划而过？她又怎么知道，修彦射出飞镖跳上竹林的那一刻，眼泪滴落在土里，倏地不见。当年接到初雨和如雷那一刻，修彦泪如雨下，初雨那可爱的面庞跟她的女儿一模一样，多年来，她一直把初雨和如雷当成自己的孩子，悉心照顾着。为了让他们得到更好的教育，特意将他们放在了科技院的门口。

那日初雨发现了她的行踪，跟着她到了竹林，蜀亚的脚步声打断了她们之间的谈话。初雨追问她盐竹的事情,情急之下,为了脱身,她才不得不向初雨射出了那道飞镖。好在,初雨终究没有说出她是谁。

"是,我是无药可救!你是我打伤的,蜀诚也是我打伤的。我还去找了上官若风,找了太子殿下,他们都是……可是这一切,不都是为了……"修彦哭起来,摘下了头上的斗笠。

修彦的哭声里带着绝望和无尽的委屈。这十几年来,她咽下了多少苦泪,也许,只有她自己才知道。离开家久了,会忘记家的模样;杀的人多了,会忘记自己的模样。这些年,她和哥哥虽说没有杀过谁,却已然忘记了自己的样子。

初雨的心微微颤了一下,竟然有一丝疼。她缓缓地说:"这些,我都知道。当蜀诚把你那支珠花给我的时候,我就都知道了。只是我不停地心软,不停地想起你的好,终究无法告发你。这些年来,城主和星辰使发出的指令越发的奇怪,这是要断了漠璃的生路啊!星月城什么时候变成了一个野蛮无理的地方?修彦姑姑,这么多年,难道你就没有一点点奇怪吗?我所知道的星月城,可是一个和漠璃一样温暖的地方啊!姑姑,停下吧,好吗?"她摸出手帕,轻轻地试探着擦去修彦的泪水,她无法像修彦那样,对一切都冷若冰霜。

"好!我去找哥哥。"修彦深吸了一口气,第一次为自己做了一个决定。多年前她曾读过一本书，里面写道：凡是有甜美的鸟歌唱的地方，也都有毒蛇嘶嘶地叫。她虽不是那甜美的鸟，也的确不愿成为嘶嘶叫着的毒蛇。

人生是一段旅程，每个人也许都曾有过身不由己的痛苦。这种痛苦或许会随着岁月逝去，但之后，在人生某个不经意的时刻，会突然冒出来，让你体会那种痛苦的刻骨铭心。十几年的身不由己，那些累积起来的痛苦在修彦的心上刻画下一道道伤痕，终于，在这个夜晚，她做了一回自己。

多少次在夜里，望着那阴晴圆缺的明月，她独自凭栏流泪，一杯愁绪，数年离索；多少回在雨里，念着那日思夜想的故乡，她独倚高楼听雨，酒入愁肠，泪化相思。

她理了理有些凌乱的头发，答应初雨明天一早就去找竹子焕。

往回走的路上，初雨轻松了许多。至少，蜀亚又少了一个需要面对的强敌。

曾经，初雨也问过自己，为什么那么渴望为蜀亚做一些什么？也许，这是爱的延伸吧，总想在蜀亚的生活中留下自己爱的痕迹。

像是完成了一项使命般，初雨面带着微笑，走向科技院。她该带着熊 phone99 回到大家身边了。

"姐，你干嘛？"如雷倚靠在回廊上，盯着初雨，那双瞳孔带着摄人魂魄的光芒，"要说是出去又太早了，要说是刚回来，也太晚了吧？"

初雨从未料到如雷会在这个时间出现，搪塞了两句便回到了房间。坐在窗前，从抽屉里拿出日记本，那些为蜀亚写下的字字句句，在今天，可以添上新的内容了。

鸟儿吱吱喳喳地唱起来，这些不怕冷的小鸟儿给冬季带来许多生机。白雪覆盖着的山脉、竹林、河岸、街道在宁静的早晨苏醒过来，伴着跳出地平线的第一缕阳光，睁开了眼睛。

蜀亚睁开惺忪的睡眼，蜀纪正守在他的身旁。他揉了揉眼睛："父……你怎么……我……我在做梦吗？我错了……"

他有些语无伦次，也有些惊恐。竹子剑在旁边拍拍自己的胸口笑了笑："太子啊，你这个力道还是差了点啊！"

原来，收到竹溪的提示之后，竹子剑便与蜀纪换了装。等待着竹子焕来行刺，哪知等来的却是蜀亚。

那夜，太想为自己挣一个未来，保住自己地位的蜀亚，一念之差，偷偷拿走了射伤初雨的飞镖，悄悄来到了监狱。

慌忙之中，也没有仔细看躺在那里的是谁，就将飞镖射了出去。

蜀纪摇摇头，拍拍蜀亚的肩，他还不能说话，只是温柔地看着蜀亚，眼睛里是一片浓得化不开的慈爱。

在监狱的这段时间，与其说是对他身体的折磨，倒不如说那种寂寞艰难的环境给了他一次心灵的洗涤。

既然紫色斗篷的秘密早已不是秘密，自己何苦那样固执地守着呢？蜀亚是不是自己亲生的又如何呢？这16年来，他带给自己的欢乐远远大于知道他不是自己亲生时的那种痛苦啊。他原以为弄清楚蜀亚的身世会让自己开心，可哪曾想到，这种所谓血脉的追溯，反而让他陷入苦闷之中。

看着蜀纪深沉的眼神，蜀亚的眼睛慢慢氤氲出飘浮的水气，泪水再也抑制不住，从眼眶中奔涌而出。若不是竹子剑他们早有部署，他不是就犯下了滔天大错吗？权力有那么重要吗？富贵真的那么不易割舍吗？在父亲的爱面前，这些又算得了什么呢？

回忆起沉睡时的梦，依旧有一个模糊的身影伸出手来，对他喊着："孩子，救我，救我。"

在他就要转身而去时，初雨出现了，她幽幽地说："殿下，你真的要离去吗？他是你的父亲啊！世间有太多太多的爱，太多太多的情，珍于权势。殿下，我一直坚信，你从未忘记过善良，从未抛弃过真诚，你从一个地方跑到另一个地方，但你还是你。你没法从你自己的身体里逃出去，你没法继续欺骗自己！"

正是初雨的话让他清醒！正是竹子剑的"纵容"让他获得新生！他们救下的不仅仅是蜀纪，更是蜀亚和漠璃的未来啊。

蜀亚看看周围，除了蜀纪和竹子剑，只有竹岳站在门口，背靠着门框，蜀亚只能看见他坚毅的侧颜。

"竹飞呢？竹飞怎么样了？"

竹子剑脸上的笑容僵住了，他一直未曾过问儿子的消息，从出发那一刻起，他就知道，竹飞这一去凶多吉少。然而，作为武者，那是他的使命。

竹岳看了父亲一眼，那张被岁月留下痕迹的脸此刻似乎突然就多了一些哀伤。他听说找到竹子峥时，漾起的喜悦；他听说竹飞为了救竹梦再次被抓时，泛起的自豪……可这一切，都抵不过一个父亲对儿子的担忧和牵挂。

"他……他和竹子峥决定不惜一切代价，拿下星月城……"竹子剑依旧挤出一个笑，眼眶里却饱含着泪水，"星月城会在今天晚上发动对漠璃的战争……他们在漠璃有……"

蜀亚摇了摇头，看着蜀纪："父王，口诀。"

蜀纪从胸口摸出一张纸，他早已将口诀写于纸上想交与蜀亚，却无奈有口难言。

抓起口诀,蜀亚跳下床往外奔去,却与初雨撞了一个满怀。顾不上与初雨说话,蜀亚奔向了指挥中心。

初雨身后,跟着修彦和竹子焕。

"殿下,罪臣竹子焕特来请罪。"蜀亚哪里顾得上搭理他,哼了一声,朝着雪漠峰跑去,他手里的东西,可是能救竹飞的性命啊!

竹子焕和修彦跪在蜀纪跟前,细数了自己这些年犯下的罪孽,泣涕纵横。

蜀纪摆摆手,闭上眼睛,长长地叹了一口气。初雨拉了竹子焕一下,竹子焕擦了擦眼泪,才从衣兜里掏出一粒药丸:"陛下,这是解药。请您无论如何再相信竹子焕一次。服下去不消一炷香的时间,您就可以说话了。"

竹岳接过药丸,浑身上下 7200 个毛孔全都充斥着怀疑。

"竹将军,药是真的。"初雨凝视着竹岳,饱含真诚。

"你……"毕竟初雨也是从星月城而来,就算竹溪说她从未参与过这些事情,但竹岳也宁可小心驶得万年船。

他还在犹豫,蜀纪却拿过药丸,放进了嘴里。

这边蜀亚正拿着口诀心急火燎地联系竹飞,他要竹飞和竹子峥完整无缺地回来,其他的一切都不重要了。

"殿下,怎么可以?我和师叔是不会妥协的!"竹飞不同意用紫色斗篷的口诀来交换他和竹子峥的性命,"他们是疯的,就算你交出了口诀,他们也不会放了我们的!"

"殿下,盐竹身上的文字,翻译出来了!"蜀诚喘着粗气,咽了好几口唾沫,打开了智博库。

蜀亚看着他,眼里是歉意,是内疚,是悔恨……各种情绪交织在一起,几个小时的时间,他内心的那点欲望,那点不甘,那点仇恨,那点忌妒,一点一滴地全都化为灰烬。原来,爱真的可以熔化一切罪恶。

每个伙伴的智博库上,都收到了蜀诚传来的文字。

"变来变去,初心不变,换来换去,良知不换。脸变身变心不变,情真义真魂不换。"

初雨把这句话读了出来。

竹飞喊着:"殿下,情真义真魂不换!雪漠阁的魂就是武者的信仰、忠诚。口诀千万……"

"你闭嘴吧!"土昂的声音传过来,"既然这么想为国效忠,我和城主自会成全你们!择日不如撞日,此事不宜再拖,今晚就是决战的时刻!不过我从来不伤人性命,你们就快是我的俘虏了!"

土昂嚣张的笑声在监区弥漫着,让人毛骨悚然。

这声音也透过通讯器传到了指挥中心,竹溪急忙喊着:"星辰使，等等！我是竹溪，你记好：9266 3652 5270 6548 7639 4021 2983 6666。"

土昂听到自己人的声音，摸了摸嘴角，脸上扭曲出一个似笑非笑的表情，从胸腔里发出沉闷的声音："嗯——这一串东西是什么？"

"这是飞船的启动密码，我们都部署好了。指挥中心也被我们控制了，如雷现在跟我在一起。太子已经被我们挟持，口诀在他的手上。至于竹飞他们……留他们两个晚上也不急，等我们这边一切安排好，漠璃国和星月城，就都是您和城主的天下了！"

而刚才那串 bamboo 密码，已经让竹飞清楚地知道，所谓的口诀对漠璃来说已经没有任何意义。可它已经成为漠璃的文化，文化可以交流，但绝不能让奸邪拿去做了他用。召唤万马千军，不过是变化万千的脸谱带来的效果罢！

早晨才被若风从科技院带出来的如雷，也忙配合着说一切准备就绪，科技院、天象馆都在他们的掌控之中。

土昂又大笑起来："大反转啊！大反转！不愧是我噬……星月城的栋梁之才！"转而将目光投向竹飞，"说到底，我还要感谢你啊！这么多年照顾竹溪！"接着，那毛骨悚然的笑声又在监区响起。

他把竹子峥推进竹飞的囚室里，把门一关，又叫过轩辕哲："启动特级防备！马上就有大戏看了！"

这几天轩辕哲对竹子峥和竹飞极尽折磨之事，让土昂刮目相看，对他极为欣赏。

若风关掉了通讯器的声音输入，他知道竹溪这样做是为了拖时间，可接下来怎么办呢？一场战争难道无法避免吗？

重新回到大家中间的蜀诚，长时间沉默着。恋人的背叛，兄弟的怀疑，使他冰冻起来的心还未融化。竹溪看着他，祈望他能够有办法。她知道，蜀诚一直都是最有办法的那一个，所以，当初他们才会不遗余力阻止蜀诚，将他拦在"盐竹事件"之外。也许，正如修彦所说，竹子焕将这件事情推给太子并不是明智之举。

可事到如今，说这些又有什么用呢？一场战争一触即发。

她怨恨起竹子焕来，也怨恨起自己来。那场自导自演的苦肉计，陷害了蜀诚，也葬送了自己的爱情。原来，爱情里一旦掺杂了其他东西，便一定不会长久。

"竹溪，除了中秋节，星月城是不是无法到达漠璃？"沉默已久的蜀诚终于说话了，依旧习惯性地摸摸他眉心的月牙。

竹溪点点头，如雷却说道："'静夜思'号上有一种炮弹，可以穿过大气层，到达漠璃，刮起13级甚至更强的大风，带来狂风骤雨,那是土昂研制的超级风球,据说比以前的强大12倍。"

"那就在他们发射炮弹之前,阻止他!我们上去!"蜀诚看向蜀亚,期待他下一个命令,进攻永远是最好的防守。

"蜀诚说得对!"蜀纪带着竹子剑他们还有竹子焕和修彦都来到了指挥中心。

蜀亚指着竹子焕的鼻子:"你个老贼,还有脸来这里?!父王不杀你,那是仁慈!我可不会放过你!"

蜀纪拉着蜀亚:"亚,世上哪有什么罪无可赦?我能说话了,也还好好的。他已经认过罪了,你也别再计较了吧。"

有时候宽恕一个人,也是宽恕自己。蜀纪年龄大了,那些仇怨在他看来,无非就是某个人的过错恰好伤害到了自己。佛家讲:知错就改善莫大焉,也讲苦海无边回头是岸。竹子焕如今回头,他便给他一道堤岸,让他能够上岸吧。

竹子焕感激地看着蜀纪,修彦说得没错,漠璃才是他们一生最美好的归宿。从多年前,东方念归变得只追求盐竹的秘密的时候,他们就该醒悟。

"那个炮弹的威力极强,能让城池一夜之间变为废墟。今年是东方念归给我们的期限,如果再拿不到紫色斗篷的口诀,他就会向漠璃发射炮弹。所以……总之,我对不起大家!"

竹子焕低着头,眼泪扑簌扑簌地往下掉。

他难过、愤恨、内疚、惭愧……之前,他从未有过做坏蛋的结局是悲剧的觉悟;这一刻,他意识到他自己将永远不会原谅自己了。

第二十章　星月城主原有假
　　　　　念归终要归家乡

星月城的特级防备开启后，整个监区都被屏蔽了。同竹飞的联系再一次中断。

"去星月城，现在，马上！"蜀纪当即做出决定，让蜀亚出发去星月城。

这些时日，上官泓和科技院按照之前若风画的图纸造出了"凯旋号"。蜀亚带着若风、蜀诚、竹子焕，驾着"凯旋号"，朝着未知的世界飞去。

"星月城也是一座熊猫的城市，我们不需要刻意伪装。到了之后，我们先去星月堡，我去找土昂。到时候，委屈太子，我要挟持你。"竹子焕在飞船上做着部署。

"竹子焕，你别耍花招！"若风警告他，"我一分钟之内就可以把你扔出去！"若风已经恨死了竹子焕，这些年来，若不是他从中使坏，竹子峥早就可以回来，也不会有现在这些事。

竹子焕十分坚定地说："上官公子请放心，竹子焕不会再犯错！"话语里透着一腔的热血和忠诚。

上官若风一直认为，他们的一切都应该是美丽的，不管是面貌，服饰，还是心灵或者思想。

在这件事中，他曾经丑陋过。但他早已回来。

飞船经过一阵剧烈的颠簸抵达星月城的时候，街道的路灯已经亮起，发出微热的光。这样的温馨和城主的暴力形成强烈的对比。

城市安静而美丽，丝毫看不出它隐藏着的罪恶。

土昂走进监区那间玻璃房，将玻璃调成单面可视，然后，在那张桌子的下方按下几个数字，地面开出一个暗格，东方念归的声音从里面传来："你怎么才来？！"

"那小子缠着我喝酒，终于把他灌醉了。"说着，土昂打了一个嗝，空气里充满了酒和竹笋火锅混合的味道。东方念归嫌弃地用手扇了扇。

暗格关上了，轩辕哲悄悄从地上爬起来。他装醉之后，一直暗中跟着土昂。看土昂回了监区，更是心生疑惑。原来，这里还藏着暗格。他们一定有什么不可告人的秘密。

竹梦的关押期已到，在家里来回踱着步子等着轩辕哲的消息。

等待总是难捱的。尤其是你不知道你还需要等多久的时候。所以，人们发明了进度条。终于，进度条显示"完成100%"。

轩辕哲从花园跳进月亮湾,把竹梦吓了一跳。还未散去的酒气让竹梦直捂鼻子。

"玻璃房中有暗格!里面一定隐藏了什么!"

竹梦皱了皱眉,她不想知道土昂和东方念归有什么秘密,也不想知道什么暗格明格,她只要父亲和竹飞平安。但除了轩辕哲,她不知道还能找谁。她只知道今晚,来自漠璃的勇士们抵达了。

竹子焕走出舱门,他已经离开得太久太久。星月城的每一口空气都显得有些陌生,不过星月堡顶端的星星和月亮还闪着如同往昔的光,这一切,让这个经历了良心谴责和内心不安的间谍,热泪盈眶。

他做了20年间谍,说了20年的谎话。一个接一个的谎言,骗了身边人,最终没有骗到自己,他本是星月城遣去漠璃国的大使啊。

他联系了土昂,说自己带着太子,偷了飞船回到了星月城。来不及联系竹梦,他们就到了星月堡。

土昂听说竹子焕还带了两名从漠璃来的随从,脸上透出一丝怒气,怪罪竹子焕的不谨慎:"你就在星月堡门口那棵大树下稍等,我马上出来接你!"

远远地,土昂就张开了双臂:"我的老大哥啊!辛苦你啦！"

蜀诚和若风悄悄将绑着蜀亚的绳子松了松，一声不吭站在旁边，目不转睛地盯着竹子焕。毕竟他是星月城的熊猫，谁也不知道他会不会又马上反过来对付他们。

竹子焕与土昂拥抱："星辰使，别来无恙啊！"

土昂打着哈哈，又连说抱歉："太子可以随我们一同去见城主，其余二位，只能委屈一下了！"

竹子焕想要说什么，却被土昂打断。他手一挥，门口站岗的守卫跑过来就把蜀诚和若风给铐上了。蜀亚瞪了竹子焕一眼，后脑却被土昂拍了一掌，晕了过去。

"你这是什么意思？他可是活口诀啊！没有他，我们怎么得到口诀？"竹子焕扶着蜀亚，给蜀诚递了个眼色，让他别急着动手。

土昂无奈地耸耸肩，说是城主的意思，而且竹子焕的两名随从必须关进监区。

上官若风和蜀诚对视一眼，只有进了监区才有可能找到竹飞和竹子峥。只是蜀亚，他们有些放心不下。却看竹子焕冲他们点了点头，在那一刻，他们选择了相信竹子焕；退一万步讲，蜀亚掌握着口诀，星月城不会贸然威胁他的性命。

监区守卫把门一关，蜀诚和若风生平第一次被困在四面都是墙的屋子里。

而刚一进去,他们就用自己的方法让竹飞知晓了他们的到来。

"雪还在飘,朦胧双眼了;风也在啸,从此只寂寥。你背上行囊也带上希望,要一个人走完以后的路和以后的桥。兄弟要勇敢,兄弟也不要彷徨;聚散别离会是今后生命的主角。不怕失败,也不怕前方路遥遥;我们祝你永远顺风,没有苦恼。"他们唱起歌来,是蜀亚写的那首《送别》。

竹飞听到,奔到了门口,隔着那根本不能阻拦他的铁门,他唱起《思念》回应道:"是什么让我们分离,谁说朋友之间的情不会这样浓郁。我的思念你是不是已经听见,等我转身,你就在我的身边……"

蜀亚昔日写下的歌儿,竟然成了朋友们相遇后隔空回应的暗号。

其他囚室关押的熊猫们都竖起耳朵听着歌,有的还喊起来:再来一个!监区变得嘈杂,守卫们一间一间地敲着门呵斥着别吵。

竹飞和竹子峥的心却再也不能平静。

亲爱的战友啊,你们是冒着怎样的危险,胸怀着怎样的勇气,远离故乡来到这里?若有生能再在一起,我们必生死相依!

听到竹飞的回应,上官若风和蜀诚的入狱也变得有了意义。

蜀亚从昏睡中醒来,张了张嘴,还未出声,就看见竹子焕示意他别做声,竹子焕让他继续装睡,自己则将耳朵贴在门上。

蜀亚也竖起耳朵,土昂好像正在和谁争吵。

"你把他带回来做什么?你是不是忘记了你到底是谁?"

"他……他可是知道口诀啊!而且他是……"

"我当然知道他是谁,可是他是谁并不重要,重要的是口诀呢?斗篷呢?他们把斗篷带来没有?"

"这……"

声音渐渐低了下去,门外又安静下来。

蜀亚坐起来,竹子焕转过头看着他:"太子,他们走了,我们要跟过去看看吗?"

蜀亚跳下床,穿上鞋子,用行动答应了竹子焕。

跟到星月堡的后门,璀璨的星星闪耀了整个天空。

门口有守卫,他们只得沿着原路偷偷返回。

"刚才跟土昂说话的是?"蜀亚问竹子焕。

听见蜀亚问自己,竹子焕有些小欣喜:"是星月城主,叫东方念归。说起来,他的儿子如果不夭折,也跟你同岁呢。"

蜀亚挤出一个不自然的笑容,哦了一声。熊猫的成活率并不高,若不是有盐竹的庇佑,漠璃国也不会这样生生不息。

就在这一瞬间,蜀亚似乎明白了这个城主对盐竹的执念,也许就因为他那可怜的夭折的儿子。

轩辕哲回来上班,就听说了监狱里响起歌声的事情。

当竹飞告诉他歌声来自漠璃的两位高手时,他觉得夜探监区的想法不再是纸上谈兵。

轩辕哲把夜探监区的想法和原因告诉他们,却遭到了竹子峥的反对。

"太冒险了!再说,你知道密码吗?你一个人单枪匹马,万一有什么事怎么办?这不是一件小事,没有周全的计划怎么可行?"

竹飞却笑笑:"我听说,在这次调查刚开始的时候,上官公子建议太子先做计划,太子说'意义非凡的事情总是碰巧发生的,只有不重要的事才会有周全的计划'。"

不过竹飞不是蜀亚,作为武者,每一次的行动都会有一个周密的计划。而且那边囚室里的若风,可是解密码的高手。

夜幕,终于在他们的期待中,倾泻而下。轩辕哲代替若风待在囚室了,而代替竹飞的则是轩辕望川。

一切都按计划进行着。

若风用 23 秒解开了暗格的密码。竹飞跟在他身后,轻轻关上了暗格。里面灯火通明,由许多个六角形的小房间连接而成,每个小房间都一模一样,没走多远,就失去了方向。走来走去都像是在同一个地方打转。

"这好像是按照蜂巢迷宫修建的密室,很难走出去。"若风觉得头疼。

"咦……这是什么?"竹飞发现墙上有一道细微的痕迹,仔细一看,是拉丁文 β。他顺着这个符号看过去,居然墙面上同一高度的地方,每隔一米远就有一个 β。像是一种仪式,更像是一种标记。

他们跟着 β 标记往前走着,竟然走出了迷宫,来到一个大大的房间。一名瘦弱的老者坐在椅子上,胸前挂着一只怀表,手里捧着一本书。他们从未看到过这么瘦弱的族人,连黑眼圈都深深地凹陷了下去。

"你们是谁?土昂和宙狼刚来过,你们又来干什么?"那老者慢条斯理地说,似乎已经习惯了这样的生活。

宙狼是谁?竹飞第一次听到这个名字,却不知道怎么回答他,只得装聋作哑。

若风看看竹飞,他更是无所适从。此时此刻,他多么希望有个人能告诉他，眼前这个可怜的老者是谁。

熊 phone99 突然弹出一条来自蜀亚的信息。

"太子的消息。城主是假的？！"若风难以自抑地说了出来。

竹飞转过头："假的？！"他来星月城这段时间，从未听到过这样的话。

那位瘦弱的老者突然笑起来："终于有人发现他是假的了！终于有人发现他是假的了！"笑着笑着，他就哭了，似乎是在释放着积压在心里的苦恨。

"您知道城主在哪里？"竹飞试探着问他，也不知道这个看上去在一瞬间有些疯癫的老者能不能帮上忙。

老者揉了揉眼睛，伸了伸腿脚，整了整已经不合身的衣服，正襟危坐："我就是星月城城主，东方念归。当然，你们如果愿意，可以叫我阿念。"

看着眼前这两个陌生的面孔，他继续说："你们可以选择不相信我。但星月堡里那个一定不是东方念归。他冒充我，完全改变了我的初衷，他想要抢夺什么紫色斗篷，不停地从漠璃国掠夺盐竹。甚至，他对我派去漠璃的使者们下达命令，让他们不惜一切代价，找到紫色斗篷。"

他一口气说完这些，像是讲完他的一生。他重重地呼了一口气。若风和竹飞这才注意到,四面的墙面都画满了"正"字。左边墙的正中却挂着一张老旧的照片。照片中是两位矍铄的老者,胸前各挂着一枚怀表。若风盯着照片看了好久,总觉得其中一位似曾相识,眉宇间竟有一些父亲的影子:"这位是?"

"这是我的祖爷爷和祖奶奶,这片土地正是他们开拓的。我也是被关在这里之后才知道。你看这块怀表,就是我祖爷爷留下来的。"阿念说着,打开怀表给若风看,表针的背景图居然是琉璃山!

"我们时间有限。赶快出去!"竹飞提醒道。

阿念转过身拉住竹飞的手:"走这边,年轻人。这边还有一个通道,直通星月堡。"

竹飞摇摇头,星月堡对他们来说是个未知数,而监区那边,好歹还有蜀诚他们接应。

阿念很熟悉迷宫的布局和线路,在他的指引下,他们很快回到了监区,钻出暗格。

此时,整个监区乱成了一团,囚室里的熊猫都已经被轩辕哲放了出来,他们聚在一起与守卫们对峙着。

这一切都源于半小时前土昂和城主的又一次争吵。

15年前,城主就开始了抢夺紫色斗篷的计划,直到今年,竹子焕说想念家人要回来,他便下了最后期限的命令,让他们带着斗篷和口诀复命。

可现在,当竹子焕带着漠璃太子回到星月城,他却想要杀掉所有漠璃国的勇者。而土昂则不想惹出那么多的麻烦:"咱们有了斗篷,还用怕他们吗?何必弄得鱼死网破?"

"土昂!你要妇人之仁吗?你别忘了你是谁?你别忘了我们是谁?当年要不是你爷爷心慈手软,减少了风暴弹的使用量,我们早就把漠璃国夷为平地了!你不要重蹈他的覆辙了!想想这么多年,我们扮成这个样子,容易吗?还要时时藏起我们这条美丽的大尾巴!"说完这些,他才记起蜀亚和竹子焕正在隔壁。

急忙闭上嘴巴,却也为时晚矣。蜀亚和竹子焕藏在里屋,将这一切听得清清楚楚明明白白真真切切。

土昂推开那扇门,看到蜀亚和竹子焕还在熟睡,舒了一口气,和城主一起离开了。

而这个消息,蜀亚已经发送给了若风和蜀诚。彼时,一个正好遇上了真正的城主;一个则在监区掀起了"真假城主"的战争。

东方念归钻出暗格,玻璃屋外,熊猫们吼着:"还我们城主,还我们自由!"

闻讯而来的燕尾服丝毫镇压不住这样的阵势,只得呼叫土昂。

东方念归拿起玻璃屋的扬声器,用他那嘶哑低沉的声音喊道:"朋友们,我是东方念归!我回来了。"

嘈杂的熊猫群安静下来,一双双眼睛盯着阿念,这是东方念归吗?瘦弱而苍老,甚至有些驼背。

轩辕望川认出了他,高喊着:"城主!城主!"多年前,他正是因为怀疑城主有异样,与当时还是大将军的竹子峥夜探星月堡,被土昂发现。他一力承担起所有责任,将尚且年幼的孩子托付给了竹子峥。

这些年,竹子峥也数次旁敲侧击,却没有发现任何破绽。

其他的熊猫跟着他呼喊起来。欢呼中,泪流满面。

守卫们一个个放下了手中的长矛,燕尾服也收敛了嚣张的神色,似是顿悟。

土昂他们带着星月堡的守卫冲到监狱,想做最后一丝挣扎。却看到东方念归已经被他的族人们簇拥起来,轩辕望川和竹子峥正等待他们的到来。

一切都过去了。

假城主是来自 β 小行星的少年王宙狼。

20 年前,宙狼带着土昂从 β 小行星向着漠璃国出发,却因无法穿透大气层被滞留在了星月城。当他们发现星月城与他们要寻找的漠璃国如此相似时，便决定利用噬灵猫强大的伪装术，探寻这个种族的秘密。几年后，终于成了东方念归的心腹。

16 年前，星月城全城狂欢庆祝小城主的诞生。东方念归为儿子取名东方漓诺，并将祖传的金色小球放于襁褓内。

当晚，宙狼就在东方念归的茶里投毒，继而将自己与他的服饰互换，伪装成了东方念归的模样，而将真正的东方念归隐藏在了迷宫之中。

次日，适逢中秋，他和土昂一起把东方漓诺带上了"静夜思"号，送去了漠璃国。继而对外宣称，小城主夭折。

土昂似是早已料到这一切，讲述起过去 20 年的事情轻描淡写，神情平静。

宙狼却一直沉默着，当土昂讲完一切看向他时，他愤怒了："凭什么？！凭什么？！当初熊猫凭借着紫色斗篷战胜了我们，胜之不武！否则，否则，我们噬灵猫已经占领整个世界！"

蜀亚摇摇头，当他看到口诀时，已经知晓，紫色斗篷和口诀都已不是秘密，那不过是漠璃国的戏台上，时时上演的变脸而已。在锦官城，更只是街头巷尾人人喜爱的艺术。

听到这些的时候，宙狼扑通跪倒在地上："为了这个漠璃国和锦官城都了然于心的所谓秘密,我竟然……我竟然……"

盲目地追求,不停地奔跑,望着那个秘密,一刻不停地想要知道,想要窥探,忘记了自己的内心,忘记了自己的本身。追上时却发现,那个所谓的秘密早就不是秘密。只是自己在追逐的过程中,忘记了回头看看,哪怕是看一看自己的脚印,哪怕是回首听听自己的呼吸。秘密,从来不在花园里。你认为这是一个秘密,它就住在你的心里。

土昂拉拉宙狼的袖子:"王,算了。我们回家吧。"

东方念归不愿再追究宙狼的罪过:"我要带着我的城民们回漠璃,你也回你的星球吧。"

土昂双手合十对东方念归表示感谢:"我对这些年犯下的罪孽深感不安,我会告诉所有的噬灵猫,百年前我们已经犯下罪恶,不能用罪恶来救赎罪恶。而您让我懂得,真正的救赎,是能在苦难之中找到生的力量和心的安宁。"

东方念归点点头,双手合十:"谢谢你!若不是你,我也早已殒命。"

若风走过来,他已经修好竹飞所乘坐的"英雄号"和他们乘坐的"凯旋号",他们即将返回漠璃。

土昂和宙狼,一步一步蹒跚着走出监区,一步一步离开这座他们寄予了无数希望也留下了诸多罪恶的城。

尾声 一切谜底都解开
族人团聚满满爱

东方念归带着蜀诚他们走进了那间隐秘的密室，墙壁上的石刻文字，记录了星月城的诞生和繁衍。

100年前，上官衡和妻子竹知浅以及其他数百名漠璃国熊猫被那场风暴带到了这里。为了生存，他们一点一点改变着星月城的样貌，也无时无刻渴望着回到故乡。由于在世界版图上，漠璃国位于世界的东方，思乡心切的上官衡将后裔改姓东方，永远向着故乡的方向。

直到17年前，东方念归无意中发现，"静夜思"号在中秋节那天拥有一种奇异的力量，月华遍洒，最亮的是在地图上标注为家的地方——坐标E102N29。

他派出竹子焕和修彦兄妹俩作为大使前去漠璃国寻根。哪知道当他们刚弄清楚漠璃和星月城的关系时，星月城就落入了宙狼手中，寻根计划被迫中止，反而被要求每年都要弄走一批盐竹，以供城主保持身体健康。而真正的东方念归则被关起来，若不是土昂一直坚持不杀一条性命，恐怕他也早早死于宙狼手下。

"只是我的儿子……"东方念归讲完这些，又想起自己16

年未见的儿子。那年儿子被宣布夭折之后，他的妻子在不久后也抑郁而终，这16年的孤单，无人能懂。

听着东方念归颤抖的声音，蜀亚竟似曾相识。他有些心疼这个瘦弱的老人，也想象不到他曾受过怎样的折磨。不过，他终于能够回家了，回到日思夜想的故乡。

飞船带着漠璃国失散多年的族人，从遥远的星月城归来。思念了多年的归家，在这个伟大的时刻，终于得以实现！

漠璃全城欢呼，犹如16年前蜀亚诞生的那晚。他们的英雄归来了！

东方念归出现在修彦眼前那一刹那，修彦扑了过去："城主，您的儿子，还活着！"说着，她望向了蜀亚，那个她一手带大的帅气王子。

就在一个小时之前，她最后一次收到从土昂那里发来的信息：那年交给你替换漠璃国王子的小孩，是东方念归的儿子，东方漓诺。他的足底有一轮小小的弯月。褪褓里放了一颗金色小球。

那个夜晚，她接到了从星月城送来的小婴孩，却也接到要将漠璃国刚出生的王子溺死的命令。修彦如何忍心残害那个可爱的小生命？她偷偷将刚刚出生的小王子藏在自己的房间，趁着青竹斋起火的时候，放在星月城送来的褪褓里，抱去了史官轩辕颂迁门前,那颗金色小球也随之送走。送去之前,她还在小王子的眉心刻下了一个月牙疤痕。

蜀诚看着修彦,尽是惊恐。他从未想过,自己竟然是漠璃国太子。

而蜀纪早已泪流满面,为族人的归来,为蜀亚的成长,为蜀诚的回归。

蜀亚虽早有准备,但他何尝想过,自己竟是那星月城城主的孩子。他清楚地知道,自己的足底,从小就有一弯月儿。所以他才那么笃信与蜀诚的缘分,只是没有想到,他和蜀诚竟换了身份。他突然明白为何会对东方念归的声音似曾相识,在梦中呼唤着"救我"的,不正是那个声音吗?

走到东方念归身边,看着那张瘦弱的脸,蜀亚眼里包含着泪水,却始终没有勇气开口喊出那一声"父亲"。

他缓缓走出人群,回到了青竹斋,这个住了16年的地方,终究不是属于自己。

那首《送别》在夜空中响起,音符里是浓到化不开的不舍和忧愁。

曲终人未散。

初雨轻轻走过来,挽过他的手臂:"我会陪你走完以后的路,以后的桥。"

"如果我不是太子，你还会喜欢我吗？"

"不管你是谁，不管你是不是太子，我依然不变。你看那些花，会枯萎。可是，爱永不凋零。"

蜀亚看着身边的初雨，自始至终，只有她的心从未变过。他想起演绎着变脸的戏台，想起竹子焕们的伪装，一张一张的面具，最终会揭开，露出自己最真实的脸。却只有在卸下伪装的那一刻，才能够开心地笑，放声地哭，做最真的自己。

"我会有做自己的自由，也会有敢做自己的勇气。"

曲终人未散。

如水的月色从天空倾泻而下，月圆之夜，安宁而温馨。

竹子勋的后裔也在这美好而温柔的月色下，从锦官城而来。上官若风却在他们中间，寻到了那个熟悉的眼神。

"你……我本是要去锦官城寻你。要为了你，忘记自己。"

"我？哼——谁叫你每次跟我见面的时候不戴眼镜！我可是早就知道你跟我一样了……"

曲终人未散。

百年前那场痛彻心扉的离别，终成历史。坚信族人终会归来的漠璃国，又充满了勃勃生机！

第二日，当太阳再次升起的时候，漠璃国的每一条街道，每一处院落，都铺满了一地阳光。雪漠峰上两个年轻身影站在山巅，不住地回望着装满阳光的城。

再见了，漠璃！

后来，每当蜀诚翻开新的《漠璃五百年》，就会回到这一年，回到这一年的中秋，而每年的中秋，都会有悠扬的笛声从雪漠峰上传出，欢快而自由！